俳句遊心

森　澄雄

俳句遊心・目次

俳句遊心

大根二題

芭蕉に、ともに元禄六年の、

菜根を喫して終日丈夫に談話す
武士《もののふ》の大根からきはなしかな

大根引といふ事を
鞍壺に小坊主乗るや大根引

の二句をのぞけば、じかに大根を詠んだ作が二句ある。

一つは

身にしみて大根からし秋の風

言うまでもなく貞享五年『更科紀行』の吟。

もう何年も前のことになるが、いつか散髪にいった待合せの折か、そこらに置いてある何かの雑誌で、信州で食いつめた若い夫婦者が江戸に出て蕎麦屋をはじめ、はじめなかなかうまくゆかなかったのが、故郷のネズミダイコンに思いついて、そのオロシをつゆにそえて出したところ、江戸中の評判をとった、そんな小説を読んだことがある。大衆小説としてはしみじみとしていい小説だったという記憶はあるが、もう誰の作だったかも忘れた。その時、ネズミダイコンという面白い呼称から、いかにも山国の小ぶりの身のしまった大根の形姿が浮かび、そのひりりと辛い感触が舌にのぼった。そのとたん右の芭蕉の『更科紀行』の句が思い浮かび、これは土地への挨拶とともに、ネズミダイコンにちがいないと思った。

その後、そのことが気にかかって、信州出身の知友の誰彼にきいてみるが、

答はいつも、
「ネズミダイコンね、さあ、そんな大根がありましたかね」
で、誰も知った者がなく、また幾つかの植物事典や図鑑類にも当ってみたが、桜島大根や練馬大根はのっていても、ネズミダイコンはのっていない。一向にラチがあかずあきらめかけていたところ、昨秋出た平凡社の「大辞典」を手に入れて、早速当ってみたところ、これには出ていた。ただし「イブキダイコン」の項を見よとある。

イブキダイコン　伊吹大根　大根の一品種。根は二五糎許。径六糎許で倒卵形。先端は急に尖り細くなる。辛味あり。滋賀県坂田郡上野村の名産。別名、ネズミダイコン、カラミダイコン、マムシダイコン。

信州の産でなかったことがいささか残念だったが、カラミダイコンなら、土地への挨拶も兼ねて既に古人の解にも出ている。たとえば石河積翠の『芭蕉句選年考』には「木曽路にての吟なるべし。彼の地にからみ大根と世俗にいふあり、其形小さくして気味至つてからし」とあり、また信天翁信胤の『笈の底』

には更に詳しく「秋風の身に冷を萊菔《らいふく》（だいこん）の辛さに与《たと》へたり。今案信州は蕎麦の名産にて、蘿蔔《らふく》の絞り至つて辛し。其故は山国にして萊菔の出来不ㇾ宜、節曲《ふしくれ》て短し、却て其性実にして辛味を好しと云也。其地の名物を取出て与へたる心配等味べし」とでている。芭蕉のこの句は、ふつう秋口の大根の身にしむ辛さと蕭殺の秋風のひびきあいと解されている。右の古解によってぼくの鑑賞のおおかたは尽きている。大根の謎の一斑も解けたといっていいが、カラミダイコンでは一句の「からし」にそのままで面白くない。ぼくのイメージはあくまでネズミダイコンでなければならぬ。

　今年の四月、急に思い立って、森村の杏の花を見がてら、ネズミダイコンの消息を尋ねてみたくなって雨の中を信州にでかけた。上田で降りて仲間の矢島渚男君の車をわずらわしたが、杏村からの帰り、ふと思いついて北国街道沿いの戸倉の町に住む畑野達子さんの家に車を寄せて貰った。畑野さんは「杉」の仲間であり、また郷土史にもなかなか興味をもっている人だ。早速、ネズミダイコンのことを切り出すと、もうそれと決っているように、

「ああ、芭蕉の身にしみての大根のことでしょう。まだ、四、五本残っているかも知れません」

そう言って、貯蔵の一本をとり出して来てくれた。見ると大きいところが長さ十三センチほど、急に細くなった尾っぽをいれると、二十二、三センチ、径五、六センチで、卓上に置くとまさにネズミの恰好だ。畑野さんの説明によると、土地が痩せて固く、そのため水分が少なく、蛋白質の多い辛口の小型の大根が出来るのだという。信州では冬になると「一に炬燵、二には蕎麦」といって、蕎麦のつゆにこの大根のオロシをしぼり、葱と、その辛味をおさえるために信州味噌を加えて食べるのがいちばんの御馳走だそうだ。北国街道の上田寄りに鼠宿《ねずみしゅく》という地名がある。南条《みなみじょう》の宿駅のあった所で、虚空蔵岳の端の岩山がせり出し、千曲川と北国街道との間がいちばん狭くなって、埴科郡と小県郡の自然の郡境となっているところだ。岩鼻ともいい、吉田東伍の『大日本地名辞書』によると、芭蕉の句として「岩鼻や茲にも月の友ひとり」（岩鼻やこゝにもひとり月の客　去来）の碑が彫まれているという。

畑野さんの話では鼠宿からこの辺一帯でとれる大根を今でもネズミダイコン或いは中之条《なかんじょう》大根と呼んでいるという。芭蕉は八月十一日越人同道、また荷兮の奴僕も従えて岐阜を発ち、木曽街道の寝覚の床、木曽の桟《かけはし》、猿が馬場、立峠を経て、八月十五日姨捨に名月を賞し、

俤や 姨 ひ と り 泣 く 月 の 友

の吟を残し、翌十六日この北国街道の坂城《さかき》に宿り、

い さ よ ひ も ま だ さ ら し な の 郡 哉

の吟を得、さらに善光寺に返している。『更科紀行』の文末に付せられた作品も必ずしも行路の順に従っていない。いま「身にしみて」の前後の作をあげてみれば、

俤 や 姨 ひ と り 泣 く 月 の 友

いさよひもまださらしなの郡哉
ひよろひよろと猶露けしやをみなへし
身にしみて大根からし秋の風
木曽のとち浮世の人のみやげ哉
送られつ別ツ果は木曽の秋

となる。さらに「いさよひも」のあとに置かれた越人の「さらしなや三よさの月見雲もなし」の三よさを案ずれば、「身にしみて」の一句は、必ずしも古来言う木曽の吟とするには当るまい。むしろ坂城での吟、ふるまわれた土地の名産への挨拶とともに、やはりネズミダイコンではなかったろうか。畑野さんのお宅で夕食に出された蕎麦も、ネズミダイコンのオロシをそえてひりりと辛くおいしかったが、以上の穿鑿はともかく、長年の懸案だったネズミダイコンに出会えたことが何よりうれしかった。

さて、もう一句は、

菊の後大根の外更になし

土芳の『蕉翁句集』は元禄四年とする。この句は『和漢朗詠集』にとられている唐の元稹の詩句「不二是レ花ノ中ニ偏ヘニ愛レスルニアラ菊ヲ、此花開キテ後更ニ無レケレバナリ花」、或いは『拾玉集』の慈鎮和尚の歌「いとせめてうつろふ色のをしきかなきくより後の花しなければ」によっている。もともとキクという日本語名は漢名「菊」の音読みであり、菊は蘜、或いは鞠とも書き、鞠はまた窮に通じ、物事の窮極、最後を意味している。李時珍の『本草綱目』にもまたキクは一年の花のうちで最も終りに咲くのでこの名がある、と書かれている。元稹が、菊の後にはもう見るべき花もないから殊更菊を愛するのだ、というのに対して、芭蕉は、いや大根があるではないかと、野趣のある、しかも庶民的な食味の大根をあげて俳諧に翻したのだ。そこにこの一句の俳諧の滑稽があるとするのが通説だが、それはもちろんとして、大根を提出したところに、また芭蕉の境涯も人生観も深く打ちこめられていよう。「更になし」は、否定的に言って大根の存在を肯定的に強調した叙法にちがいないが、ぼくには大根の白を置いて、冬枯のひろびろとした蕭条の空間が見える。朝三堂季水編『土大根《つちおおね》』には、芭蕉のこの一句の条に、四方郎朱拙（坂本氏）の次のようなことばを伝えている。

「ひととせ故翁難波の旅店にいまそがるころ、文通に此の事を問ひたるに、古語本説の句は水に塩入れたるやうにする事なりといらえられし……」

古語本説を踏まえる場合の俳諧の心得にちがいないが、これもまた単なる俳諧の心得を越える芭蕉のことばであろう。

現代俳句は子規以後、或いは子規の写生以来、さまざまな主張をかかげながら、個の文芸として、その尖鋭と繊細を加えてきたが、またぼくには何か大きなものを失ってきたという思いも深い。以上は、ぼくの芭蕉句を案ずるときの、ひとり遊び、或いは楽しみに過ぎないが、ともに芭蕉の境涯や人生観をのせて、「身にしみて」の単刀直入の深々とした、或いは「菊の後」の俳諧の豊かな呼吸は、一作家として、髪も半白を越えたいまのぼくにはいたく気にかかる。

秋ちかき

芭蕉の句について何か書こうとすると、おおかたのことはもう誰かが言っている。本当は何も書くことがない。

この夏はきびしい暑さがつづいたが、夜半に降った雨のせいか、今日は急に涼しくなった。暦の上でも昨日が立秋である。机に向って庭前をながめていると、木々の梢を渡る風のさやぎにも、さやさやと秋の気配がきこえるし、いまをさかりの枝頭の白いさるすべりの花を過ぎる風のいろにも、もう秋の透明な光が見える。日ごろ多忙で気づかなかった栗の木にも、たわわに実がつき、青々としたいがにもふくらみがみえる。

けさは、早朝の散歩に、近くの溝川沿いの道を歩いたが、小さな家々を囲んだコンクリート塀にしつらえた竹組に、みどりの葉に涼しげな朝顔の花がそよぎ、しばし見とれて、その二、三花を摘んで貰ってきたが、いま机上のコップにさして、その少し艶で深い紫紺の美しさは、夏の終りのはかなさとともに、何か浮世のいろが花のいろに移ったようで、これも少しはかない思いで眺めあかない。

芭蕉の最晩年の一句に

秋ちかき心の寄や四畳半

の句がある。周知の有名な句で、元禄十年素觴子玄梅の編んだ『鳥の道』に「元禄七年六月二十一日、大津木節菴にて」として、木節・惟然・支考の四吟歌仙の発句として出ている。制作の日にちも場所もはっきりした一句だ。中七はふつう諸書とも「心の寄るや」とよんでいる。ところが最近でた加藤楸邨先生の『芭蕉全句』では、土芳の『蕉翁句集草稿』に拠って「心の寄りや」とよまれている。「寄りや」のよみをとられたのはおそらく先生がはじめてであろう。土芳の「草稿」には、「る」を消して「り」とし、「是直に聞句也」とある。先生は芭蕉に忠実であった土芳の「直聞」に信拠を置かれるとともに、芭蕉の意図として、その場の同衆の人々の「心の交流という意味をはっきり出したかったのであろう」とされている。さらに「寄りや」の方が、芭蕉の軽みの意図にそう、より適切なよみとされたのであろう。ぼくにもいま先生の説を読みながら、「寄りや」の明快な切りに、よりねばりを去った軽みを覚える心の動きもあるが、なお多少の疑問が残る。

元禄七年終焉の年、五月芭蕉は江戸を立って伊賀に帰り、近江に出て曲翠、木節亭、無名庵などでの句座をもち、七月半ば再び盆会のため故郷伊賀にもどり、九月七日まで滞留する。若し土芳がこの句について芭蕉から直接聞くところがあったとすれば、この機をおいてない。『蕉翁句集』（元禄十二、三年～宝永六年稿）を編むのに日時を置いたとしても、なお直聞の記憶が確かであれば、何故一旦書いた「る」を消して「り」と訂正したのか。その辺の消息は「草稿」の筆蹟の気息を見なければ分らないが、そうした疑問とともに、以下にのべる一句の微妙な味わいと呼吸から、なおしばらくぼくは「寄るや」とよんでおきたい。

先に書いたように一句は木節菴での惟然、支考をまじえた四吟歌仙の発句。付句は次のようにつづく。

秋近き心の寄や四畳半　　翁
しどろにふせる撫子の露　　木節
月残る夜振りの火影打消て　　惟然
起《おく》ると沢に下《おる》るしらさぎ　　支考

芭蕉は六月二日江戸で亡くなった寿貞の訃をきいたばかりである。八日付の猪兵衛宛の書簡に芭蕉は「寿貞無仕合者、まさ、おふう同じく不仕合、とかく難㆓申盡㆒候……何事も〳〵夢まぼろしの世界、一言理くつは無㆑之候」と書く。寿貞の死のかなしみのなかに、芭蕉はまた近づく身の秋の寂蓼をひしひしと感じていたであろう。そうした芭蕉を囲んで、四畳半に集う三人の弟子たちにも、秋ちかき心とともに、おのずから芭蕉に心を寄せるしみじみとしたあたたかい和みがあった。一句の解は、同心への挨拶、直截平明な軽みとともに、ふつうその四人の心の寄りととられている。言うまでもなくこれが正しい解であろう。三人の付句にも、そうしたしみじみとした心が見える。木節の脇の「しどろにふせる撫子の露」も、芭蕉の心をしのんで、或いは寿貞の俤に通わしたものかもしれない。

だが、そうした一句の生成の現実的情況をよそに、いま机に向かう一つくり手の心をおいて読めば、一句はまた、芭蕉の孤心の寄っていくところ、おのずから四畳半、という風にもとれる。そうよんで、しみじみとぼくの心に通うところがある。古来、この四畳半を茶室とするのが一般だが、そうした四畳半の属性をふくめて、或いはそれを越えて、秋近き芭蕉の孤心を入れるもっともふさわしい空間が四畳半であろう。さらに四畳半に秋近き天地の無辺の空間もひろがる。「心の寄るや四畳半」と詠じた直截平明な表現の中にある軽みの世界もさることながら、若しこの一句の俳諧をいうなら、それはわれわれ日本人の日常家居に親しい四畳半の、その性格に対する芭蕉の心の新しい発見にあろう。だが、こうした鑑賞は一つくり手の気儘な感想に過ぎぬかも知れぬ。しかし、いずれの解をとるにしても、四畳半に寄せる芭蕉の孤心を抜きにしてはこの一句は成立しまい。むしろ、一座の同衆の心の寄りと、四畳半に寄っていく孤心と、この二重の構造をもつところに、この一句の微妙な呼吸と表現の見事さがあろう。

「心の寄りや」ではこの微妙な呼吸が消える。

佐夜の中山

忘れずば佐夜の中山にて涼め　芭蕉

ちかごろ、なぐさめのように呟いてみる句がある。芭蕉の右の一句である。句は貞享元年、芭蕉四十一歳の作。『泊船集』に「風瀑を餞別す」として出ている。風瀑の『丙寅紀行』（貞享三年刊）には「佐夜の中山淋し、芭蕉翁をとゝし予に餞して」と書かれている。風瀑はもと伊勢度会郡の人。芭蕉の「野ざらし紀行」にも「松葉屋風瀑が伊勢に有けるを尋音信《たづねおとづれ》て、十日計足をとどむ」とその名が出ている。江戸に住んで芭蕉とも風交があった。句はその風瀑が故郷伊勢に旅立つとき餞に贈られた句である。

佐夜の中山を歩いたのは、あれはいまからちょうど五年前の、四月のはじめであった。僕らの結婚二十年目、つまり陶磁器婚に当り、かねてからの家内の希望もあって、遠州森町の古刹大洞院に、家内の学生時代の座禅の師であった浅野哲禅老師を訪ね、森町に一泊して、その翌朝、ふと思い立って、金谷から日坂《にっさか》まで、佐夜の中山を歩いた。快晴の少し汗ばむほどのうららかな春日和、牧の原の茶畑や鳳来寺山を右手にのぞみ、左手に遠州灘がかすんで、折からのウィークデーの人っ子一人通らないひっそりした、平坦な尾根道のこの旧街道は、山桜や、ときおり見かける民家には木瓜や連翹の花ざかりであった。もちろん、僕の胸の中には西行の、

年たけてまた越ゆべしと思ひきや命なりけり佐夜の中山

と、それをうけた芭蕉の

命なりわづかの笠の下涼み

の句があった。西行がこの佐夜の中山をはじめて越えたのはいつだったのだろう。「年たけて」再び越えたのは、文治二年七月の頃、彼の六十九歳の時であった。平重衡に焼かれた東大寺の再建のため、奥州平泉の藤原秀衡のもとに砂金勧進に赴く途中であった。「年たけて…命なりけり」には、そうしたはるかな陸奥《みちのく》への道のりを思う心とともに、七十に垂んとする西行の重い老いの年齢の感慨がある。芭蕉の一句は延宝四年、芭蕉三十三歳の作。芭蕉の江戸出府を仮に寛文十二年とすれば、四年後のはじめての帰郷の折の作である。延宝時代と云えば、

此梅に牛も初音と啼つべし

雲を根に富士は杉なりの茂りかな

など、談林風に入った当初、またなお貞門の口質を残して、一種の比喩の通俗

が支配した時代である。この一句も「一蓋の笠の下蔭を命と頼んで」、或いは「ひとの命もこの一蓋の笠の下涼みのようなものだ」とする、いわば、西行の重い「命なりけり」の詠嘆を、軽く俳諧に換骨奪胎したものだとして、貞門の口質を残す低次の作品と見なす説も多い。だが、それらの作品の中に置いてみて、この「命なり」の一句は不思議にしんと静まり澄んでいる。西行の「年たけて」という年齢の回想が、江戸での辛酸をふくめて、ここでは一瞬に集約されて、ほっと息を抜くような気配で、身一つ入れるだけのわずかな笠の下蔭に、しんと芭蕉のいのちがしみ渡っているようだ。ぼくには頭を垂れて道の辺に蹲っている芭蕉の姿が見える。ついでに、一句は金谷からの登り坂の、坂の登中で腰を下ろして詠まれたような解が多いが、恐らくそうではあるまい。眺めがひらける、平坦な尾根道のどこかであろう、坂道では息の喘ぎがあって、この句のしんとした呼吸にふさわしくない。

さて、うらうらと晴れた春の佐夜の中山を歩いた私たちにも平坦な尾根道のかたわらの松の下蔭に二人で汗をふきながら、結婚、上京後の二十年の戦後の窮迫と怱忙の生活をふり返って、いささか「命なり」の感慨がないわけではなかった。

ところで、掲出の「忘れずば」の一句は、多く「西行の昔のことを忘れないで」と解かれているが、恐らくそれだけではあるまい。芭蕉にも「命なり」と詠った、江戸出府後はじめての帰郷の折の、八年前の身にしみる思い出があった筈だ。それらをふくめて、もっと軽く、旅立つ風瀑の肩を叩くような親しさで、「おれも、八年前、あの佐夜の中山で一休みして涼をとった。君も、急ぐ旅でもあるまいから、まあ忘れないで、あの佐夜の中山で、一涼み涼んでゆけよ」――そんな呼吸の一句であろう。

昨年の十月以来、少し健康にすぐれない。句も一向に出来ない。公務のほか、「杉」創刊以来の寸暇もないほどの多忙もあって、自分の疲れが見える。学校から帰ると、そのまま臥床する日が多いが、そうした日常の中で、ふとこの一句を呟くように口にしてみて、はるかから、なぐさめられる思いがある。疲れたら少し休むがいい、と。

歳晩

夕方から風が強くなった。もと農家だった向かいの家の屋敷森の名残りの高い樫の梢が風にさわ立ち、わが家の庭の四、五輪枝先に咲いた玉椿の白が大きくゆれている。今日は冬至、机に向かいながら、外の凩のこえをきいているのも、あとわずかになった年の瀬の慌しい思いが胸にある。

歳末から年始にかけて旅に過ごしたことはめったにないが、四年前の三十七年には、さいわい関西の友人（田平龍胆子・岡井省二両氏）に誘われて旅で過ごした。このときは、はじめいかにも暗い湖北の雪といった菅浦に宿り、あとは武生、敦賀などを転々としながら、急に思い立って歳晩を芭蕉の種《いろ》の浜で泊って新春を迎えた。芭蕉は『奥の細道』の終末近く、敦賀から舟行して次のように書いている。

浜はわづかなる海士《あま》の小家にて、侘しき法花寺あり。爰《ここ》に茶を飲《のみ》、酒をあたゝめて、夕ぐれのさびしさ、感に堪《たへ》たり。

寂しさや須磨にかちたる浜の秋
浪の間や小貝にまじる萩の塵

法花寺の本隆寺は今も残っていて、種の浜はおそらく芭蕉のころとそれほど変っていないさびしい漁村であった。一軒ある旅館もこの日は業を休んでいてとめてもらえず、原子力発電所へ向かう高速道路端の土産屋の二階にようやく頼み込んでとめて貰ったが、その夜おかみの心づくしの夕食の大皿にはみでるように出された越前蟹の美味は、その年のいちばんの贅沢だったろうか。だがいつもの旅とちがって、歳晩の旅寝は、時も流れ身も流れている、そんな漂泊の思いがひとしお深く、なかなか眠りがこなかった。夕暮ますほの小貝を拾いに浜辺に下りたが、すでに正月の飾をつけた小さな発動機船の漁船が桟橋につながれ、暗くなっていく浪間に白く鷗が浮かんでいた。その鷗の白さが、漂泊の思いとともに、暗闇に閉じた瞼の中にいつまでも浮かんで消えなかった。

白をもて一つ年とる浮鷗

むかしは、大晦日の夜、一家揃って年取りの祝いの膳についたので「年とる」は歳晩の季語。戦後は合理的に満年齢で誕生日に年をとることになったが、去年今年のくぎりとともに、齢の思いもまた、いまもやはり年の夜にある。

水仙に年ゆきてまだ何も来ず

正月の用意に床の間に水仙が活けてある。除夜が過ぎると、近くの寺から聞えてくる鐘の響きとともに、新しい年を迎えたという実感よりもまず、何か人生の茫々たる思いがやってくる。その茫々たる中に、妙に胸の一角だけが冴えて、自分のいのちを刻むような音がきこえる。そうした自分のいのちの音が、はっきりきこえるような思いがするのも、一年のうちでこの年の夜、ゆく年くる年のあわいではなかろうか。

ゆき し 年 ま だ 見 ゆ 山 の 向 ひ の 灯

これは越後松之山での作。宿の窓から暗い夜空の下、向かいに雪をおいた杉山があり、そこにある小さな村の灯が、先ほど自分を過ぎていった年が、いまそこにとどまっているように、いつまでも灯っていた。さて今年はどんな年の夜がくるだろうか。

木雞

藤村多加夫氏の私箋には「木雞山房」という庵号が片隅に印刷してある。氏からたよりを受けとるたびに、なつかしさとともに、その庵号にある感慨を催す。「木雞」はいうまでもなく『荘子』外篇「達生篇」第七の説話にでてくるのだが、かつて「寒雷」を編集していたころ、昭和四十二年の四月号の「白鳥亭日録」にこの『荘子』の文章をひいて次のように書いている。

――荘子の達生篇に紀渻子という男がある王のために闘雞を養うた。（紀渻子為レ王養ニ闘雞一）。十日して王が問うた。

「もう闘えるか」（雞已乎）

「いえ、まだです。空威張りで空元気を恃んでいます」（方虚憍而恃レ気）

十日してまた問うた。
「まだです。他の雞の鳴声をきいたり、姿をみたりするとすぐ身構えます」（猶応㆓嚮景㆒）
十日してまた問うた。
「まだ、だめです。相手をにらみつけては盛んに気負っています」（猶疾視而盛㆑気）
十日してまた問うた。
「もう、いいでしょう。相手がどんなにいきり立って鳴いても知らぬ顔で、まるで木で彫った雞のよう。十分に徳がそなわりました。これなら他の雞は立ち向かうこともできず、反って逃げ出すでしょう」（幾矣　雞雖㆑有㆓鳴者㆒　望㆑之似㆓木雞㆒矣　其徳全矣　異雞無㆓敢応者㆒反走矣）

　老荘の思想は一般に人間を退嬰的にしたというのが学校で教える通説だが、この話はいくらでも消極的にとれるし、またいくらでも積極的にもとれる。が、おせっかいな立入りはよそう。道徳の話としてではなく、ぼくには大変充実して面白かった。ついでに、宋の詩人黄庭堅（山谷）にこれを典拠とした詩がある。

養闘雞

崢嶸已介季氏甲

更以黄金飾兩戈

雖有英心甘鬭死

其如紀渻木雞何

闘雞ヲ養フ

崢嶸《ソウコウ》トシテ已ニ介《カイ》ス　季氏ノ甲《ヨロイ》

更ニ黄金ヲ以テ　両戈ヲ飾ル

英心ノ闘死ニ甘ンズル有リト雖モ

其レ　紀渻《キセイ》ノ木鶏ヲ如何ンセン

正月を迎えると、以上はちょうど十年前の文章になる。その時どういう充実感で読んだか、いまさだかには思い出さないが、あらためて荘子をよみながら、また別個の新たな感銘がある。たとえば古来そんないい方があるかどうか、それは「老荘の滑稽」といった感銘だ。無論、以上の「木雞」も「神全ければ物に遇いて慴《おそ》れず」といった無心を説いたものにちがいないが、この教説を一つの道ととるよりも荘子の諧謔或いは滑稽ととってぼくには面白い。この世がいずれ有心——実の世界なら、荘子の無心も、或いは無心そのものも大きな滑稽ではないか。そしてこの壮大な滑稽は俳句に生きないものか。ともかく荘子のこういう読み方が自分自身で最近大いに気に入っている。

読みはじめ木雞の章荘子より

旅寝して

旅寝してみしやうき世の煤はらひ　芭蕉

時に、まるで向こうからやってくる具合に芭蕉の一句が浮かび上り、胸を打つことがある。それも、芭蕉のさして有名な句ではない。昨年の暮れも仕事に追われている机の上でふうっと右の一句が浮かび上り、小さく何度も口ずさむうちに、浮世という言葉の遠く鈴を鳴らすような微妙な語感が身にしみた。貞享四年『笈の小文』の旅の作。句意は「旅寝を重ねて年の暮れも迫り浮世の煤払いを見たことよ」ということにちがいないが、通解はおおかた旅寝に重心を置いて「一笠一杖の身には世間の忙しそうな煤払いも余所事としてながめられる」の意にとっている。果たしてそうか。芭蕉の心の天秤はむしろ浮世のなつかしさの方に傾いていないか。浮世ははかない憂き世であると同時に浮世草紙、浮世絵の浮世でもあろう。そこにははなやいだ気分も動いている。その時はそうとって、いま追われている原稿仕事のはかなさとともに、逆に遠くからはなやいでくるこの一句の色合いが胸にしみ渡った。

芭蕉の一句

昨日、久しぶりに散歩の途上、綺麗に咲き揃った三本の紅梅を見つけた。道を曲ったとたんに目に入った驚きは、もう春がそこにあったのかという思いで、いまも目をつむると、そのあでやかで可憐な花の色が、少し胸がときめく思いで残っている。

以下、花眼のひとり遊び——。

ちかごろ僕の好きな一句に其角の、

小傾城行てなぶらん年の昏《くれ》

がある。『雑談集』の前書には「世（の）中をいとふまでこそかたからめ」とあり、勿論これは西行の歌で、下の句は「かりの宿りを惜しむ君かな」とつづく。この西行の歌をもとにした謡曲「現在江口」に「小傾城どもになぶられて」という文句があり、其角の句は勿論それを利用したものだ。如何にも其角らしい伊達好みの遊びの一句である。潁原退蔵の『俳句評釈』、岩波日本古典文学大系『近世俳句俳文集』（阿部喜三男註）にも、ともにその出典をあげた上で、其角らしく故事を引き、才学をほのめかすのもその癖であった、と註している。其角評として、もっともにちがいないが、また故事、古典を発想のもとにするのは当時何も其角だけではなかったとすれば、僕にはやはり「晋子が風伊達を好んで細し」（『俳諧問答』）といった許六の評が有難い。「小傾城」の小は若い傾城への愛称にちがいないが、「なぶらん」とともにすでに官能的な愛撫の感触が働いているし、「年の昏」と合せて、浮世の所作としてほのあたたかいかなしみがある。そう読んでこちらにも、身に沁みるものがあるのだ。

芭蕉の一句に、好きで、しかも長い間気にかかっていた一句がある。それは、

夏の月御油より出でて赤坂や

の一句である。実は其角の句を最初にあげたのも、何の記録も残っていないが、この一句にある美学や、芭蕉の心のほのめきをいちばんよく知っていたのは、或いはこの洒落者の其角ではなかったろうか、という思いが、ふと夢の様に浮かんだからだ。

『向之岡』初出のこの芭蕉の一句は、のちの『涼石』(元禄十四年・大町編)所出の「大都長途の興賞、わづかの笠の下すずみと聞えける、小夜の中山の命も廿年のむかしなり。今もほのめかすべき一句には」の詞書から、延宝四年作、江戸出府以後はじめての帰郷の折の作と推定されながら、通説は、夏の短夜の月の出入りを、東海道宿駅間で最も距離の短い御油赤坂間(十六丁)にかけた談林的な発想として、なお実景とはしていない。

先日これもふと思い立って御油・赤坂の町を歩いてみた。天保年間、戸数三一六、本陣四、旅館六十二を数えた御油の宿も赤坂も、いまは名鉄の廃屋同然の小さな駅舎からも離れて、昔の宿場の面影を残す古い格子を並べた町並がひっそり静まっていた。両宿をつなぐ松並木も美しく残っていて、その間ゆっくりと歩いてもわずかに十五分か二十分程である。たとえ短夜の談林的比喩としても、少し奇警すぎるし、また東海道の宿駅間の最短距離が御油赤坂という地名でなかったら、恐らく芭蕉はこの一句を残さなかっただろう。僕には極く自然に誦んでいて、この一句の声調の中から、やや熱《ほて》った芭蕉の心の臓が見えてくる。御油と赤坂は、「売女あり」（御油）、「宿ごとに遊女あり。立ならびて旅人をとゞむ」（赤坂）と浅井了意の『東海道名所記』に見えるし、西鶴の『好色一代男』（二）には「さらばの鳥に別れて、日数程ふり、御油・赤坂の戯女になをかり枕、泊り泊りに有程の色よき袖を重て…」、また『仮名手本忠臣蔵』（八）「道行旅路の嫁入」の段には「ヤア見ればうつつい姐たち、これが吉田か赤坂の、招き女であらうなら」と出、また俗謡にも「御油や赤坂吉田（現在の豊川）がなくば、何のよしみの江戸通ひ」と歌われている海道筋でもその方面では名高い宿場である。

この芭蕉の一句に、御油赤坂からくる色彩感と調べの効果を発見したのは、言うまでもなく芥川龍之介だが、いま一つ芭蕉の心には、この両宿場がもつ艶冶な気分も反映していたにちがいない。また東海道五十三次の広重も艶《あで》な赤坂の宿場の様子を描いた保永堂版のほかに、行書東海道にはいまも天然記念物として残る松並木に配した満月を描いている。月を描いたのは沼津の夕月とここだけ、だとすれば、ここの松並木も、そこに浮かぶ月も、当時海道筋でいちばん美しいものであったであろう。芭蕉の心には、その艶冶な気分とともに月への賞美の心も動いている。夏の月の出は遅い。談林は談林でも、どこか道行文に似た弾んだ声調の中から、僕には、折から松並木にぽっかり油のように浮かんだ月を賞しながら、艶冶な気分を負って夜道を歩く三十三歳の芭蕉の心臓の鼓動がきこえてくる。そう言えば「いまもほのめかすべき」という文句にも、自認の語意のほかに、御油赤坂でのひそかな芭蕉の思い出がにおうようだ。

さて、これも春の日中の花眼のひとり遊び。だがこういう遊想を誘うのも、芭蕉の、或いは古典のもつ深さと豊かさであろう。そして古典が与えるこうした遊想も、僕は実作者の養いとしている。

臍峠

十月九、十日の連休を急に思い立って芭蕉の『笈《おい》の小文』の旅の道を歩いてきた。桜井から多武峰《とうのみね》の談山神社のほとりで車を捨て、あとは歩いて臍峠《ほぞ》を越えて龍門の村へ出、さらに吉野川沿いに芭蕉が「ほろほろと山吹ちるか瀧の音」と詠んだ大滝、蜻蝪《めい》の滝（蜻蛉の滝）を見て帰ってきた。芭蕉と杜国はさらにここから吉野の西行庵に向かっている。臍峠は今は細峠と書き、昔は細い山道の山の臍にあたるところからこの名がつけられたのであろう。

昔の峠の下をいまは鹿路トンネルが通り、龍門までの道も舗装されて恰好のハイキングコースだが、連休のしかも快晴の秋日和にもかかわらず、ハイカーも車もほとんど通らず、今もひっそりした峠道であった。

峠に向かう道筋の家々には真紅に唐辛子が色づき、秋桜が風にそよぎ、峠のトンネルを越えると、左右の山間《あい》の空に遠く雲をおいた吉野や大台ヶ原の連山の大景が望まれ、ほっと息をのむ思いがあった。芭蕉がここを越えたのは貞享五年（元禄元年）の三月、たぶん二十一日、春の盛りであった。『笈の小文』に

臍峠　多武峯ヨリ龍門へ越道也

雲雀より空にやすらふ峠哉

の一句がある。だがこの一句は「曠野」をはじめ他の諸書には

雲雀より上にやすらふ峠哉

の形ででている。故頴原退蔵博士は「空に」を初案、「上に」を改案とし、いまも「上に」の率直な表現をよしとする者も多く両論に分かれているが、やはりぼくは「空に」の方をよしとしたい。「空に」といって雲雀よりさらに空の上にいるという芭蕉の童心のような喜びとともに、峠よりの眺望をふくめて

一句の空間がひろがる。少し汗ばむほどの春の盛り、麓の雲雀の声を下にききながら、遠く吉野や大台ヶ原の連山の大景を望んで、芭蕉もまたこの峠で一息入れたのであろう。

ところで、ぼくもこの臍峠で一服しながら、先々週に投句されてきた小林乃翹氏の一句をふと思い出していた。それは

大　欅　祭　に　晴　れ　て　小　鳥　来　る

として採った一句だが原句は「祭日晴れて」であった。「祭日」は単なる祝日ではなく、その地方の祭りの日ととって「祭に」とした。そうすることによって、祭りの日の好晴とともに大欅の姿もはっきりするし、一句の空間も豊かになると考えたからだが、作者の意図は祭日を祝日の一日として、この率直な表現の明るさにも心ひかれ、なお忸怩たる思いも残っている。作者及び読者はいずれをよしとされるだろうか。

蛙の目借時

行春をとどめかねぬる夕ぐれは曙よりも哀れなりけり　西行

行春を近江の人とおしみける　芭蕉

今年の春は、鎌倉の東慶寺の梅、遠くは有名な賀名生《あのう》の梅を見、桜も、久々に故郷長崎の母を見舞いに帰って満開の桜に出会えたし、帰京して東京のさかりの花にもめぐり会えた。わが家の小さな庭にも、梅、辛夷をはじめ、とりどりの花が移り咲いたが、春は、いつも、その花の面影をとどめないほど慌しく通り過ぎる。

小林秀雄氏の『無常といふ事』の、世阿弥の美の見方に関する「当麻」という文章に、世阿弥の「物数を極めて、工夫を尽して後、花の失せぬところを知るべし」という言葉にすぐ続いて「美しい『花』がある、『花』の美しさという様なものはない」という、ぼくら俳句つくりにとってもきびしく美しい言葉があるが、賀名生の梅も、長崎の桜も、美しかったという感慨だけを残して、もう瞼の中におぼろにかすんで、はっきりと思い出すことはむつかしい。西行や芭蕉が行く春を惜しんだのも、花の春をもっとも美しい季節として愛したからにちがいないが、また面影もとどめかねる、そんな花の名残を惜しむ、そういう心であろう。

そうしたあわただしい春の心を鎮めて、ぼくらの心がやっと落ちつくのは、花も散って、木々の若芽が新緑に移り、苗代や田ににぎやかな蛙の声をきくころであろう。しかもしっとりとした闇につつまれる夜頃であろう。このころがぼくにとっても、自分自身にいちばん親しい季節である。

わが刻の夜蛙のこゑ咽喉《のんど》うつ

田蛙のこゑや水入る夜の胸

ところが、ぼくらに親しいこの蛙のこえも、水田耕作が中心であり、その頃も盛んに鳴いていたにちがいないのだが、不思議なことに、古歌や古文の世界ではあまり鳴いていないようだ。

家人に恋ひ過ぎめやも川津鳴く泉の里に年の経ゆけば　（六九六）
夕さらず河蝦鳴くなる三輪川の清き瀬《せ》の音《と》を聞かくしよしも　（二二二二）

の万葉集の「川津」「河蝦」であらわされる「かはづ」はすべて美しい声で鳴く河鹿であり、古今、新古今その他の和歌集にも、

かはづなく井出の山吹ちりにけり花のさかりにあはまし物を
　（古今集よみ人知らず）
かはづなく神なび川に影見えていまかさくらん山吹の花　（新古今集厚見王）

など、山吹の花とさかんに取り合わされて詠われる「かはづ」も、俳人の季感からはすぐ蛙が連想されるところだが、これも河鹿である。下って連歌師宗祇の発句集にも「蛙」の季題句はない。古文では、専門家でもないぼくの数少ない古典読書の記憶の中で、一つ『蜻蛉日記』に「あまがへる」の語が見える。山籠りの後はあまがへるといふ名をつけられたりければ、かくものしけり。『こなたざまならでは、方も』など、けしくて

おほばこの神のたすけやなかりけんちぎりしことを思ひかへるは

だが、これも、西山の参籠から呼び戻された日記の筆者（道綱母）に夫の兼家が「雨蛙」に「尼帰る」をかけてあだ名をつけたもので、一首もそのつれなさを嘆く歌、しかも日記は霜月の条である（もっとも『伊勢物語』の一〇八段に「よひごとにかはづのあまたなく田には水こそまされ雨は降らねど」の一首がある）。とすれば、蛙に新しい詩情を発見したのは、やはり庶民的な俳諧から、という

ことになろうか。
いつか本紙の俳壇に、

宿題や母も蛙の目借時　鈴木昌治

という一句に出会って選評にとりあげたことがあるが、古くからの俳諧の面白い季題に「蛙の目借時」というのがある。

蛙の鳴く頃しきりに眠りを催すのをいうのだが、馬琴編青藍補の『増補俳諧歳時記栞草』に「めかる蛙とは、目を借ると云ふ心也。夜短く眠を催すを蛙の人の目を借るよしにいへる俗ノ諺也」として暮春三月（陰暦）の項に出ている。京都誓願寺の僧安楽庵策伝が、一千余の小話を集めた噺本『醒睡笑』（元和九年著。八巻）に、大名の前で座頭がしきりに舟をこぐので叱ると「昔より春は蛙が目をかりると申し伝へて候」と答えたという笑話がのっているが、季題はこの俗説によっている。本当は「媾離れ《めかれ》」で、交尾をすませ、産卵を終わった蛙がもう一度土中にもぐったり、葉陰や草陰で静止状態に入るのをいうらしい。

山本健吉氏は「蛙の交尾期ではなく、交尾期のあとの春眠期（?）」だとされている。真俗いずれも面白いが、作例は多く俗説によっている。

また歳時記はいまも暮春の項に入れているが、昔の作例には初夏のものがある。支考の『西華集』には「卯の花を月夜と見たか山鴉、里は焙炉《ほいろ》の匂ふ門々」の脇句の評に「其頃蛙のめかり時ならん、日永く夜短かに、いとねぶたくてよし」とあり、同じ支考の『葛の松原』にも「閑古鳥なくや蛙のめかり時」の珍碩の一句が見え、いずれも初夏の趣である。

暮春四月の終わりから五月の初夏にかけて、木々の若葉の水気をふくんだ少しひんやりとする夜気が単衣の肌身にとおり、カイカイと声をそろえて鳴く蛙をきく夜頃は、心も落ちつき、一年でいちばんこころよい季節であろう。読書にもあき、何するともなく机に向かっていると、心もいつか頬杖をついた状態になり、ついうとうととする。眠気ざましの一服の玉露もいいが、さっぱりと香ばしい熱い焙じ茶の一杯が、格別にうまい季節だ。いまがその蛙の目借時である。

煙草吸ふや夜のやはらかき目借時
しんとして山田の蛙女離《めか》れ時

蕪　蒸

「無事是貴人」という言葉をよく禅僧の筆跡で掛軸や扁額にしたものを見かけるが、これは臨済宗の祖臨済義玄の法語を集めた『臨済録』のなかにある。

「無事是れ貴人なり、但造作すること莫かれ、祇《ただ》是れ平常《びようじやう》なれ」

「何事もないのが貴い人だ。決していたずらに余計な意志を働かせてはいけない。ただ無心にあたりまえであることだ」というほどの意味らしいが、深い禅の境地や意味はぼくにはわからない。ただ、読んでいてなかなか気分はいい。

先日ぼくが受け持っている、俳句をはじめてから五、六年になる二十人程の俳句会で、一つの試みとして、「無事は是貴人といへり」につづけて冬の季題をおいて一句にまとめて貰う問題を出した。十分程の考える余裕をおいて、一人一人に答えをきいていくと、「冬日向」「日向ぼこ」「冬日和」「白障子」「冬の菊」「枇杷の花」「石蕗の花」などの季語がつけられた。一つ読者も「無事は是貴人といへり」につづけて、これらの季語をつけて一句一句を口ずさんでみていただきたい。

なかでは「石蕗の花」が一番人気があったが、どれも「無事」や「貴人」にひかれて、それによく似合うもの、というごく一般的な常識が働いていることに気づかれるだろう。従ってどれもまず平凡な作品ということになる。毎週の投稿句にも、こうしたごく世間的な常識や理くつが働いている作品が多い。

ぼくはこころみに「蕪蒸」と置いた。

無事は是貴人といへり蕪蒸

蕪蒸《かぶら》しは、蕪をおろして、ぐじ（最上等の甘鯛）の身にかけて蒸した京風の料理。品と親しみがあり、それに冬の料理としてのあたたかさもある。「無事は是貴人といへり」につづけて、やや飛躍もあって、しかも即かず離れずというところがあって面白い。一つの遊びとして出来た一句だが、出来てみて案外ぼくの気に入った。

今年もあと数日で終わる。まだ仕事も残り、身辺には年の瀬のあわただしさもあって落ちつかないが、どうか今年も無事終りますように、また正月には無事是貴人といった具合に過ごしたい、というささやかな願いもある。あわせて、投稿者諸氏の無事と、よき新年を迎えられることを祈って、今年のこの欄の筆を置きたい。

表裏山河

「俳句」七月号に「山中通信」という文章を書いて、その末尾にやや諧謔をまじえて次のように書いた。最近お互いに忙しくなって先生と旅の楽しみを共にすることが出来なくなった代わりに、新たに骨董屋歩きや古硯、古陶の話に風狂の楽しみを加えたことを書いたものだ。

「ところで、いつも先生のところで古硯、古陶を拝見しながら、ただ垂涎嘆息をくり返している僕には、いつの日か、ただ一度でいいから、ひそかに逸品を手に入れて先生を驚かしてみたい、という望みがある。先日、越後山中からの帰り、信州で直径十五糎ほどの高麗青磁象嵌菊花文蓋物の逸品を見付けた。その時は、もう骨董なぞには手を出すまいぞと帰ってきたが、帰ってきても目にチラチラする。早速矢島渚男君に電話を入れて確保してもらった。近く上京の折持ってきてくれる筈だ。あれは、多分、恐らく、確かに逸品にちがいない。先生を驚かしてみたい。」

この時は、前記高麗青磁象嵌菊花文の蓋物と同時に、平凡社版陶器全集『李朝』にも同型の写真がのっている白磁に鉄砂の入った金剛山水滴、そのあともう一度電話を入れて李朝白磁透彫牡丹文の筆筒の三品を手に入れてもらった。学校教師の僕にはなけなしの散財である。越後山中からの帰途、その信州の骨董屋に寄ったときは、主人の話では丁度ある旧家から出物があったばかりだということで、成程、その店ではかねて見かけない朝鮮、中国もののいいものがそろっていた。

さて、それから一ヶ月程して「杉」の句会出席のため待望の矢島君が上京、やっと三品が手許に落ちついた。その間、なけなしの散財をしたあとのしょんぼりした気持も手伝って果して本物だったかどうか不安な気抜けもあったが、来てみるとやはりなかなかいい。早速、先生に電話を入れて翌朝、午後用件のある先生と渋谷で落ち合うことになった。矢島君ともども渋谷にでかけ、先生のお伴で青山の骨董屋を歩いたあと、六本木で先生ゆきつけの中国料理屋で御馳走になりながら、三品の御披露に及んだ。先生は僕が予期した高麗青磁より、李朝白磁の筆筒の方に魅力があったらしい。なるほど高麗青磁の蓋物にも深清な美しさがあるが、白磁の筆筒の方に清高の気品とともに、先生好みらしい男性的格幅がある。

だが、ここで僕が書きたいのは、そうした自分の手に入れた骨董の自慢話ではない。その時うかがった先生のお話である。話は陶器からやがて、現在刊行されている中央公論社の『書道芸術』の「唐太宗・虞世南・歐陽詢・褚遂良」篇の伝記を書かれた、その話に移った。書かれたばかりの、まだその興奮が残っているような話しぶりで、唐の太宗の相矛盾する文武の両面に亘る重層的性格や、その統合の上に太宗の書の性格があること、また王羲之の書を熱愛した太宗が自らの死に及んで貴重な文化遺産である王羲之の「蘭亭序」を自らの殉葬としてしまったこと、それは何故か、という話などなかなか面白かったが、その話の中で、かつての『沙漠の鶴』の大陸行のとき、太原の城門に仰いだ「表裏山河」の文字の話が僕には最も感動的であった。刊行された『書道芸術』第三巻のその篇を開くと、先生は次の様に書かれている。

私が蒙疆・ゴビ地方を歩いたあと、山西省太原に入ったのは一九四四年の夏で、城門の『表裏山河』という大文字は折柄の細雨に濡れて甚だ印象的であった。陰山山脈を越え、芭蕉が、『秋十とせ却つて江戸を指《さす》故郷』の句の発想の契機とした賈島の詩で印象の深い桑乾河を渡ったりしていると、『表裏山河』という書はいかにも人間と自然とが浸透しあったところから、生まるべくして生まれてきたものであるという感じがする。せせこましいお茶室的な文字ではなく、広大な山河の中に生まれてきた自然の書なのである。

太原は山西省、汾河の中流、太原盆地の北部に位置する都市。いまも城壁をめぐらし、正方形の規矩整然たる市街をもつ、と地名事典にもある。太原は李淵、李世民父子（高祖、太宗）が唐創業の兵を起こした地であり、かつてまた李白が帰心の憂悶をこめて次のようにうたったところである。

太原早秋　太原《タイゲン》ノ早秋《ソウシュウ》
歳落衆芳歇　歳落チテ衆芳歇《ヤ》ミ
時當大火流　時ハ大火ノ流ルルニ当ル
霜威出塞早　霜威塞ヲ出デテ早ク
雲色渡河秋　雲色河ヲ渡リテ秋ナリ
夢繞邊城月　夢ハ繞《メグ》ル辺城の月
心飛故國樓　心ハ飛ブ故国ノ楼
思歸若汾水　帰リヲ思エバ汾水ノ若《ゴト》シ
無日不悠悠　日トシテ悠々タラザルナシ

衆芳はもろもろの花。大火は星の名、サソリ座の首星アンタレス。赤光を放つ。また白楽天はその詩「紅線毯」の中に「太原毯渋毳《セン》縷硬——太原の毯ハ渋クシテ毳縷硬シ」——つまり「太原のダンツウはすべり悪く、糸すじもこわい」と詠う。これは朔北に近い山西省の荒々しい風土のゆえか、またその風土を負う山西の民の人気を暗示するものか。

ともかく、いま先生の文章を読みながら、その時の生《なま》でうかがった「表裏山河」の話の感動が甦える。「表裏山河」の言葉をきいたとき、たちまち、かつて僕の見たこともない山西の荒々しい山々が浮かび、また汾水の流れが流れ、それに拮抗して一つになった大きな「表裏山河」の雄渾な文字が迫った。僕は早速、

「先生、今度の先生の句集は、題は『表裏山河』にしましょう。そして表紙一杯に先生の文字で書く……」

と言った。先生はさらに、

「山の中に、今度は俳句を作りにではなくて、書を書きにいこう。」

「いいですね。山々にこれはどうだ、といってみせる。そんな字が書きたいなあ。是非行きましょう。」

そんなことを、先生はやや重い口調でゆっくり、僕は興奮のやや早口で語り

あった。

僕には一方、現代俳句をそこにおいて、現代の孤独は、現代俳句のもつ孤独は、社会的な疎外感をはじめとして、その底に不平や不満が渦巻き、何やらいつもブツブツ言っている。孤独は案外賑やかなのではないか。現代俳句の心理劇は更に増幅して刺激の強い心理劇を用意し、のどはふくらみ、目はギョロギョロと突き出してバセドー氏病的症状を呈していないか、そんな思いがある。純粋な孤心をいだいて、しかもこの孤心を山河にひらいて胸を叩くような大きな作品を作れないものか、そうした思いが痛切にあった。

例えば芭蕉の一句がある。

秋 深 き 隣 は 何 を す る 人 ぞ

芭蕉晩年、元禄七年九月の作。二十九日夜芝柏亭に会があったが、出席できず、この句のみを届けさせた。安東次男はその『近世の秀句』に次の様に書く。

座の楽しみには加われなくても心はあなた方と共に在る、と芭蕉は言っている。『隣は何をする人ぞ』とは、そういうことである。(中略)諸注は、『隣』をただちに隣家と解し、あるいは謎めいて、あるいは閑寂にその屋内を想像しているが、これはいわゆる隣家の句ではない。また、『隣』という語によって芭蕉の孤心一般を告げているのでもない。むしろ芭蕉は、芝柏亭に当夜集まる人々の顔を思いうかべて、ひとりいろいろに楽しんでいるところがある。『何をする人ぞ』とは、ひとまず、ユーモアをこめた挨拶の表現であった。それを句の表として、深まりゆく寂寥を、『隣』とはなるほどこういうものか、と芭蕉は心の中で量っている。

卓見であろう。純粋の孤心を抱いて、その孤心のひらき方がここにある。

此 秋 は 何 で 年 よ る 雲 に 鳥

も、その孤心を自然にひらいた例であろう。

雁の数

ぼくの好きな北宋の詩人梅堯臣に「祭猫」の詩がある。堯臣の他の詩の中に「詩は本もと情性を道《い》うも、厥《そ》の声を大にするを須《もち》いず」という詩句がある。平明で日常的な愛情のこまやかさに彼の詩の特色がある。

祭　猫　　猫ヲ祭ル
自有五白猫　五白ノ猫ヲ有《モ》チテ自《ヨ》リ
鼠不侵我書　鼠ハ我ガ書ヲ侵サズ
今朝五白死　今朝　五白死セリ
祭與飯與魚　祭リテ飯ト魚トヲ与ウ

送之于中河　之ヲ中河ニ送リ
呪爾非爾疎　爾《ナンジ》ヲ呪スルハ爾ヲ疎ニスルニ非ズ
昔爾齧一鼠　昔　爾　一鼠ヲ齧ミ
銜鳴遶庭除　銜《クワ》エ鳴キテ庭除ヲ遶《メグ》レリ
欲使衆鼠驚　衆鼠ヲシテ驚カシメント欲ス
意將清我廬　意ハ将ニ我ガ廬《イオリ》ヲ清メントスルナリ
一從登舟來　一タビ舟ニ登リ来リテ従《ヨ》リ
舟中同屋居　舟中屋ヲ同ジウシテ居ル
糗糧雖甚薄　糗糧《キユウリヨウ》甚ダ薄シト雖モ
免食漏竊餘　漏窃《ロウセツ》ノ余ヲ食《クラ》ウコトヲ免ル
此實爾有勤　此レ実ニ爾ノ勤ムル有レバナリ
有勤勝雞猪　勤ムル有ルコト鶏猪《ケイチヨ》ニ勝ル
世人重驅駕　世人ハ駆駕ヲ重ンジ
謂不如馬驢　馬驢ニ如《シ》カズト謂ウ

已矣莫復論　已矣《ヤンヌルカナ》復《マ》タ論ズルコト莫《ナカ》レ
爲爾聊欷歔　爾ノ為ニ聊《イササ》カ欷歔《キキヨ》セン

詩は詩人の晩年五十五歳、旅中舟上で愛猫を喪った折の作。中河は河中、糗糧は干飯、漏窃の余は鼠が小便をかけたり噛ったりした余りの意であろう。愛情とユーモアがあるところなかなか面白い。

実はこの詩を読みながら、ぼくは先程からやはり猫好きだった死んだ父親のことを思い出していたのだ。長崎の原爆にあってから、晩年の父は生活意欲を失って殆んど患者をみなくなったが、食事のときは、いつもミケを膝の上にのせて、自分の魚などをむしってやったりした。今思い出すと、思い出の中で食卓を囲むぼくら家族も、パントマイムのように無言でひっそりしていたように思える。その無言の中で父が突然「空襲警報、空襲警報」と大声を出し、自分でもすぐ気づいてテレかくしにぼくらをみて笑ったりすることがあった。少しモウロクしていたのだ。その父が七十三歳で死んでこの十月でちょうど十年になる。

井上靖氏の『月の光』は老母をとおして、人間の不思議な、というよりやや無気味な耄碌《もうろく》の様を描いた名作だが、その中に父の死にふれた一節がある。

私はまた、生きていた父が死から私をかばう一つの役割をしていてくれたことに、父の死後気付いた。父が生きている時は、私は父でさえまだ生きているのだからといった気持で、勿論この気持は意識されたものではないが、恐らくそうした気持が心のどこかにあったことに依って、私は自分の死というものを考えたことはなかった。ところが、父に死なれてみると、死と自分との間がふいに風通しがよくなり、すっかり見通しがきいてきて、否応なしに死の海面の一部を望まないわけには行かなくなった。次は自分の番だという気持になって来た。—略—これは、父と子であるという、ただそれだけの関係から生み出されて来るもので、これこそ一組の親子というものの持つ最も純粋な意味であるに違いなかった。

ぼくもまた、十年前父に死なれたとき同じような感慨があった。父の死は、遠く離れて独立し生活的には既に何らの支障もなかったが、ふいに広々とした荒野の空間にひとり放り出されたような、うそ寒い荒漠の感じがした。何かの障壁がはずされて、そこから、まだ少し距離はあるが、死がつづいているような気がした。その後、父の死に関する幾つかの文章を書き、昼夜をかまわず不意にやってきてぼくをおびやかしていた父の憔悴した死顔は、そのことによっていつしか遠のいたが、また不思議なことに、その後幾つかの親しい者の死に出会っても、もう父の死のときのような悲しみは湧かなくなった。肉親という特別な関係は別にしても、一種の死に対する呆けの感覚であろうか。悲しみは妙に白々しく虚空にひろがって頼りない。死が人間の必然として、いわば常法として身体の中の一部に住みついたのかも知れぬ。

雁の数渡りて空に水尾《みお》もなし

これは昨年の十月、堅田夜泊の朝、湖上を渡る雁を仰いで詠んだ句である。

七百歳の声

謡曲で祝言物の一つに『菊慈童』というのがある。

話の筋は、魏《ぎ》の文帝の臣下が勅命によって薬の水を尋ねて酈縣山《れきけんざん》（『太平記』・古謡本では「てっけん」とよんでいる）に赴き、今より七百年前の昔、周の穆王に寵愛を受けた慈童が、誤って帝の枕の上を越えて、この山に配流になり、なお慈童を哀れんで帝から賜った枕に書かれた要文、「具一切功徳慈眼視《ぐいっさいくどくじげんじ》衆生《しゅじょう》　福聚海無量《ふくじゅかいむりょう》　是故應頂禮《ぜこおうちょうらい》」――一切の功徳を具えて慈眼をもって衆生を視、福聚の海無量なり。是の故に応に頂礼すべし――の法華経普門品の二句を菊の葉にうつして、その露を吸って仙人となり、いまに長寿を保っているのに出逢い、慈童自身も自らの長寿に驚いて、この寿を文帝に捧げる。出典は

『太平記』の巻十三「竜馬進奏ノ事」にあって詳しく出ており、さらに「慈童猶少年の貌あって、更に衰老の姿なし。魏の文帝の時、彭祖と名を替へて、此術を文帝に授け奉る。文帝之を受けて菊花の盃を伝へて、万年の寿《ことぶき》をなさる。今の重陽の宴是なり」とある。

昨年の十一月、大阪で座談会の仕事が終ったあと、話し相手でもあった俳人のU君、K君を誘って、盆踊りで名高い飛騨の郡上八幡の町を訪れた。途中、金山の同じく俳友T君の家に一泊、T君の車で八幡の町に入ったが、どういうコースで行ったのか、今地図を案ずると和良・美山のコースを通って入ったのかも知れない。途中、峠に車をとめて、快晴の冬紅葉に紅らんだ山々の向うに雪を置いた白山を望み、屋根屋根の光る小さな八幡の町を山々の擂鉢の底に覗いたときは、日本にもこんな美しい町が残っているのかと、しばし固唾をのむ思いで眺めていた。事実八幡の町はきれいな吉田川や小駄良川の水が流れ、町並にも静かな昔の面影を残して、大きな老舗の菓子屋さんの店先には、屋号を白く抜いた四角な大きな藍染の暖簾が張られ、折からの明るい冬日ににおっていた。その藍染の渡辺庄吉さんを尋ねた。無形文化財に指定され、この町でいまでは正藍本染の伝統をただ一人守っている人だ。渡辺さんの案内でこれも古風な蕎麦屋の狭い上り座敷に上って、昼日中の酒を置いての歓談。まだ三十半ばを過ぎたばかりなのにもう顱頂まで銅《あかがね》色に禿げ上ってどこか棟方志功に似た風貌の渡辺さんの、藍染の苦心談や、諧謔を交えての都会文明に対する辛辣な批評など、純真素朴、闊達自在なその破格の話しぶりも話も面白かったが、何よりもこの人は生きているという実感がひしひしと胸を打って、こちらも充実して楽しかった。

帰りもT君の車で岐阜まで送られたが、この破格の生きた人物に出会った興奮とその精気が乗り移ったのか、それに昼からの一杯の機嫌も手伝って、共に戦争中に青春を過ごしたU君もK君も、大木惇夫の「戦友別盃のうた」を朗唱、更に次次と軍歌の高唱となって、久しぶりに青春回帰の賑やかな車中となった。その軍歌の種も尽きて疲れた頃、今度は酒をのまなかった運転のT君が、静かに朗々と習い覚えの謡曲を謡いはじめた。その朗々の声は歓尽きてようやく旅の終りに近づいた感傷の中に、たがいの胸に一種の感慨をもってしみ通ったが、やがてT君は「菊慈童」のシテの謡いにかかるとき、もう岐阜の灯も見えてきて、

「ここで、いつも師匠に叱られるんですよ。七百歳の声を出せって」

と静かに笑って謡い収めた。その時うとうととしていたぼくは、謡曲からはなれて、その「七百歳の声」というT君の言葉が胸にしみた。帰京して何日か経ってこれもかつて謡曲をやった友人にきいたら、『菊慈童』は謡曲の中でも軽いものですし、祝言物ですから、むしろ爽やかにやった方がいいんですが、その師匠はきびしいですね」と言っていた。謡曲のことはよく分らない。だが、その時「七百歳の声」というT君の声が胸にしみたのは、自分の俳句のいまの声の中に、その七百歳の声が沈められないものか、ということであった。

帰りの新幹線の中でも胸の中で「七百歳の声、七百歳の声」と呟いていたが、帰宅してその夜不思議に雁の夢を見た。旅に出る二、三日前のNHKの朝のテレビに、宮城県の何とかいう沼に何千羽と渡ってくる雁が映り、画面一杯に列

をなして飛ぶ雁の姿と、遠くシベリヤから渡ってきた雁たちの乾いたクワックワッという哀切な声がひびいた。夢見たのは、その時の雁と雁の声だが、或いはこの「七百歳の声」とどこかでつながっていたのかも知れなかった。

首のべてこゑごゑ雁の渡るなり
雁が音の羯鼓《かっこ》のごとき空《くう》に満ち

「鯉素」について

「鯉素」は「鯉魚尺素」の略。尺素は一尺のしろぎぬ。往古はそれに手紙を書いた。従って「鯉素」は手紙、書信の謂。『文選』楽府古辞の「飲馬長城窟行」に出る。古辞とは漢代の作で、すでに作者不明になったものをいう。だが『古詩源』『玉臺新詠』には後漢の蔡邕（一三二〜一九二）の作としてのせる。『文選』と『古詩源』では多少の措辞のちがいがあるが、ここでは『古詩源』に拠っておこう。題「飲馬長城窟行」は、万里の長城の泉窟に馬に水を飼う行《うた》の意。夫は征兵としてそこにあり、詩の前半は夫を朔北に送った妻のかなしみをうたう。

飲馬長城窟行　馬ヲ長城ノ窟ニ飲《ミツカ》フ行《ウタ》

青青河邊草　青々タリ河辺ノ草
綿緜思遠道　綿緜《メンメン》トシテ遠道ヲ思フ
遠道不可思　遠道思フベカラザルモ
宿昔夢見之　宿昔夢ニ之ヲ見ル
夢見在我傍　夢ニ見レバ我ガ傍ニ在リ
忽覺在他郷　忽チ覚ムレバ他郷ニ在リ
他郷各異縣　他郷各々県ヲ異ニシ
輾轉不可見　輾転スルモ見ル可カラズ
枯桑知天風　枯桑ニ天風ヲ知リ
海水知天寒　海水ニ天ノ寒キヲ知ル
入門各自媚　門ニ入リテハ各《オノガジシ》 自媚ビ
誰肯相爲言　誰カ肯ヘテ相為ニ言ハン

「宿昔」は『文選』では「夙昔」につくる。つね平生、或いは昨夜《ゆうべ》の意にとる。「枯桑知天風　海水知天寒」は、古来解は多岐に亘り定め難い。清の張玉穀編『古詩賞析』は、「枯桑」「海水」をそれぞれ主語として「枯桑ハ天風ヲ知リ、海水ハ天寒ヲ知ル」とよみ、そのように夫を遠地に送った独居孤閨の妻の悲しみは、その境遇にいるもののみしか分らないと解する。さらに鈴木豹軒博士は、前の知の主語を妻、後の知の主語を夫と見、共に妻の想像として「こちらでは桑の葉が枯れたので天吹く風が強くなったのが分る。あちらでは沙漠の水が凍るので天が寒くなったのが分る」とする。だがここでは「枯桑を見ては天吹く風の強さを知り、海の水の冷たさを知っては、北地の寒さがしのばれる」ととっておこう。「入門」以下の二行についても、解は定まっていない。だがこれも簡素に「門を入って訪ねてくる人も、各々自分をいとおしむだけで、心から私を慰めてくれる人はいない」としておこう。

後半は、その孤閨の悲しみをうたう妻に、遠来の客が夫の便りをもたらす、その喜びをうたう。

客従遠方來　客遠方ヨリ来リ
遺我雙鯉魚　我ニ双鯉魚ヲ遺《オク》ル
呼童烹鯉魚　童ヲ呼ビテ鯉魚ヲ烹《ニ》ルニ
中有尺素書　中ニ尺素ノ書アリ
長跪讀素書　長跪シテ素書ヲ読ム
書中竟何如　書中竟《ツイ》ニ何如《イカン》
上有加餐食　上《ハジメ》ニ餐食ヲ加ヘヨトアリ
下有長相憶　下《オワリ》ニハ長ク相憶フトアリ

「書中竟如何――つまりはどんなことが書いてあったか――」以下二行が殊にいい。「上有加餐食　下有長相憶」――はじめに、ごはんをうんと食べて元気をおだし、そしておわりには、いつまでもお前を憶っている、と書いてあった。

他の古詩にも

客従遠方來　客遠方ヨリ来リ
遺我一端綺　我ニ一端ノ綺《アヤ》ヲ遺ル
相去萬里餘　相去ルコト万里余
故人心尚爾　故人ノ心尚ハ爾《シカ》リ
…………　…………………………

の同工の詩句がある。故人は夫の意。それにしても、客は万里余の遠道を鯉魚を腐らせずに、どうして運んだのであろうか。だが、古人はそういうことに関心しない。その悠々もいい。ただし、明の楊慎の『丹鉛総録』には、実際には鯉魚の腹中に書を入れたのではなく、外封を雙鯉魚の形に結んだのだという。従って、「鯉魚ヲ烹ル」は封を開くことになる。

さて句集『鯉素』は、『浮鷗』につづくぼくの第四句集。『浮鷗』につづいて本集も多く旅に作を得たが、四年の歳月をおいて、さらにいかなる俳境を拓き得たであろうか。顧みて忸怩たる思いがないではないが、作品の成果は別として、この年々、四空にはるかな鯉魚のたよりをきく思いだけはいよいよ深くなったといえようか。

閑日二題

十月から十一月にかけて少し仕事に追われたせいか胃の具合を悪くした。精密検査の結果は軽い胃潰瘍、医者から節煙と静養を命ぜられた。仕事も大方は断って久しぶりに仕事のない日曜日、和服にくつろいで、朝の日溜りの縁側、書架から『古詩源』『文選』をとり出してよんでいる。こういう時、くだくだしい現代詩より簡潔な中国詩が有難い。

當來日大難　曹植　来日大イニ難シニ当ツ
日苦短　日短キニ苦シミ
樂有餘　楽シミ余リ有リ

乃置玉罇　乃チ玉罇ヲ置キ
辨東廚　東廚ニ弁ゼシム
廣情故　情故ヲ広クシ
心相於　心相於《シタ》シム
闔門置酒　門ヲ闔《トザ》シテ酒ヲ置キ
和樂欣欣　和楽シテ欣欣タリ
遊馬後來　馬ヲ遊バシテ後レテ来ラシメ
轅車解輪　轅車《エンシャ》輪ヲ解カシム
今日同堂　今日堂ヲ同ジクスレドモ
出門異郷　門ヲ出ヅレバ郷ヲ異ニス
別易會難　別ルルハ易ク会フハ難シ
各盡杯觴　各々杯觴ヲ尽《ツク》セ

詩は『古詩源』魏詩、曹植の作。曹植は曹操の第三子。建文文学の高峯、慷慨の詩多く屈原以来の大詩人といわれる。字は子建。陳思王。ソウショクともよまれるが、わが国では多く去声で読んでソウチとよばれる。兄曹丕（文帝）と折合悪く不遇四十一歳の生涯を終えた。題「當來日大難」は「來ル日ハ大イニ難シニ当ツ」酒宴乾杯の歌だが、また熱い友情の歌でもあろう。「來日大難」は恐らく古楽府の題。『古詩源』楽府歌辞中の「善哉行」にも「來日大難　口燥脣乾　今日相樂　皆當喜歡――来日ハ大イニ難ク　口燥キ脣乾カン　今日相楽シム　皆当《マサ》ニ喜歡スベシ」の詩句が見える。また後年唐の李白にも同題の楽府がある。当は擬作の意。「代ワル」と読んでもよい。

「日苦短　樂有餘――日ノ短カキニ苦シミ、楽シミハ余リアリ」兄文帝曹丕の「善哉行」にも「人生如寄　多憂何爲　今我不樂　歳月如馳――人生ハ寄《ヤド》レルガ如シ　多ク憂フルモ何ヲカナサン　今我楽シマザレバ　歳月ハ馳スルガ如シ」の詩句がある。人生観というよりともに乱世に生きる者の切実な無常の思いであろう。「遊馬後來　轅車解輪」は、馬を放って外に遊ばせた。いつ帰ってくるか分らぬ。車は轅を立てかけて車輪を外した、ともに客の帰りを妨げる所置。もう帰ろうたって帰れぬぞ。
「今日堂ヲ同ジクスレドモ、門ヲ出ヅレバ郷ヲ異ニス、別ルルハ易ク会フハ難シ、各々杯觴ヲ尽セ」、低く口ずさみながら目を上げると、庭前の農家の高い樫の梢に白々と午前の冬の日輪があり、葉間に小さな光暈を負ってシラシラと綿虫が舞っている。ふと少し瞼が熱い思いで青春の回想に誘われる。出征間近い学生時代、肩を組んで放歌高吟した少し狂おしいような熱い友情、戦後、年長けて、互に家業に忙しく、熱い友情を喪って久しい。いまの静謐をそえて、そうしたはるかな青春の回想である。川崎展宏君の句集『葛の葉』の推薦文に「芭蕉は自ら遺言して近江の義仲寺に骨を埋めた。芭蕉は竹を割ったような野性の武将義仲が好きだったし、また近江のやわらかい風土が好きだったのであろう」と書いたが、『古詩源』や『文選』の慷慨の詩、こうした酒宴の熱い友情の美しい詩も男の優雅であろう。

今夏シルクロードの旅をした。広大な沙漠の上を飛ぶ機中、雲上に浮城のように浮かび、幾重にも奥に重なり、雪を置いて連なる天山山脈を見たとき、はるかなる旅のしびれるような感動がはじめて胸をしめつけた。中国の詩文や西域の歴史を読みながら夢に見た天山山脈である。機中はるかにふり返るような思いで、自分の家の書架の中から唐詩選を選び出し、その中の李益の「従軍北征」の詩を思い出した。

従軍北征　　　　李益　軍ニ従ツテ北征ス

天山雪後海風寒　天山雪後　海風寒シ
横笛偏吹行路難　横笛偏《ヒトヘ》ニ吹ク　行路難
磧裏征人三十萬　磧裏ノ征人三十万
一時回首月中看　一時　首ヲ回ラシテ月中ニ看ル

詩の天山はいまいう天山山脈ではない。青海、甘粛の二省の境をなす祁連山《きれん》をいう。祁連は蒙古語で天の意。だがいまはそれはどうでもよい。海風、中国西北方の辺境では湖水をすべて海という。「行路難」は古楽府の歌曲の名。旅路の苦難を歌う。磧は砂漠。この詩の大きさは「月中ニ看ル」の表現にあろう。

いまひらいている本には、註に「月中看、一本『月明看』に作る。この句、月を見るのか、故郷の空を見るのか、笛の音の方をふりむくのか、互いに顔を見あわせるのか、いろいろの説がある」とあるが、それらの一切をふくめて、自らの運命を、であろう。

男の優雅とともに、この大きなスケールを自分の作品にとりこんでみたい。

最澄の黒子

ここ二、三年多く仏教に関する本を読んでいる。仏教の理くつの方は時に面倒でよく分らないが、読むのは詮ずるところ、人間の不思議さ面白さということになろうか。先日も最澄に関するものを読んでいて不思議な感動を受けた。最澄の書——例えば「久隔帖」の書技をはるかに越えた清高の気品は以前から魅かれて見飽きないし、また比叡山入山後、おそらく十代末に書いたと思われる「坐禅の隙にみづから願文を製す」の、

……ここにおいて、愚が中の極愚、狂が中の極狂、塵禿の有情、底下の最澄

……

といった親鸞に似た言葉や、つづく願文、

われいまだ六根相似の位を得ざるよりこのかた、出仮せじ。(その一)

いまだ理を照らす心を得ざるよりこのかた、才芸あらじ。(その二)

いまだ浄戒を具足することを得ざるよりこのかた、檀主の法会に預らじ。(その三)

いまだ般若の心を得ざるよりこのかた、世間人事の縁務に著せじ。相似の位を除く。(その四)

三際の中間にて修するところの功徳は、独り己が身に受けず、普く有識に回旋《えせ》して、ことごとく皆無上菩提を得しめん。(その五)

伏して願はくは、解脱の味、独り飲まず、安楽の果、独り証せず……

にも、またある種の感動を味わったが、だが、そうした仏教的な感動とは別に、もっと強く不思議な感動を受けたのは、ほかでもない最澄の黒子である。僧籍に入った少《わか》き日の最澄に関して今日「来迎院文書」とよばれる三通の公文書が残っている。「信長公記」のしるす「根本中堂、山王二十一社をはじめたてまつり、霊仏霊社僧坊経巻、一宇も残さず、時に雲霞のごとく」焼き払った、所謂信長の叡山焼打にも不思議にこれは難をまぬかれたものであろう。それは「国府牒」「度牒」「戒牒」の三通である。そのうち延暦二年正月二十日に出された「度牒」に、いわば最澄の出歴として次のように書かれている。

　沙弥最澄年十八

　　近江国滋賀郡古市郷戸主正八位下三津首浄足戸口同姓廣野、

　　黒子頸左一　左肘折上一……

「度牒」は得度証明書。三津首廣野に最澄の名が与えられ、師僧が行表《ぎょうひょう》であったことがこの「度牒」で知られるが、僕が感動したのは「黒子頸左一　左肘折上一」の文字である。写真のなかった当時、当人を証明するものとして身体的特徴、つまり黒子が書かれたのであろう。だが、これを見たとき、或いは彼の仏教的決意よりも、もっと強いある不思議な感動を覚えたのは何故だろう。無論、最澄を支えるものは仏僧としての偉さにちがいない。だが、その時、僕を襲ったのは、いわば最澄の人間としての原点としてのなつかしさ、或いは、人間としての言いようのないいとしさ、かなしさのようなものであったろうか。いまそれを上手に言えないが、この二つの黒子から、不思議に最澄が見えた思いがあった。だが、そうした無意味なものへの感動の仕方は、やはりようやく、六十に近くなった年齢のせいだろうか。

花桃に泛いて快楽の一寺院　龍太

昭和四十七年作。龍太五十二歳。龍太の作品から秀句佳作をあげれば数限りないが、わざわざこの一句をあげて、また誰かに僕の育ちの悪さを言われないとも限らぬが、もちろんこれはまた花桃の駘蕩をおいて龍太の英爽の作。ただ今年、ある出版社の人々と桃の花のころ、龍太の山廬に遊ぶ約束をして果せなかったからだ。だが一度、桃の爛漫のころ、山廬を訪ねたことがある。山廬から見下ろす甲府盆地一望の桃の、花また花。寺はどこだろう。花桃に泛いて、ゆらゆらと陽炎が立ちのぼり、照り映える寺の甍、まさに快《け》楽の一寺院。いつか龍太は、桃の花が咲くと、その一面の駘蕩と贅沢に、最早、俳句など作ろうという気も失って、却って晴ればれとその豊満にひたる、と僕に語ったことがあるが、僕には彼の年齢と合わせて、この駘蕩と英爽がすこやかで面白い。

この句ばかりではない。最澄の黒子を心に置くとき、大方の作家の、心理と意匠をこらした作品が、いよいよあやしくあいまいに見えてくるのに対して、龍太作品は、いよいよすこやかに、そして一際鮮明あざやかなものに見えてくる。

龍太と初めて会ったのはいつだったろうか、おそらく戦後間もなくの頃にちがいない。爾来の交友、そして髪も共に半白を越えた。語りたいことは幾らでもあるが、同世代にこの秀れた作家を得たこと、そのさわやかなさいわいと、加餐を言っておけば足りる。

かずならぬ身の鬱勃と春の雪　　龍太

無益な時間

夜長し宇治拾遺こぶとり爺の条　大野林火

林火さんは、或は、『宇治拾遺物語』のこぶとり爺の条を、こんな風に読んでいるのではなかろうか。

こころもち火鉢の火でも欲しいような、少しひんやりと肌にしむ秋の夜長、たまたま何をするあてもない静かな時間があって、ふと書棚から『宇治拾遺物語』をとり出す。老眼鏡をあてる。ひらくと巻第一の三「鬼《おに》ニ癭被《こぶとら》レ取事《る、こと》」の条がでる。遠い時間を還るような、孤心のほのあたたかさがある。心に声を出してゆっくりと読みはじめる。

「これも今はむかし、右の顔に大《おおき》なるこぶある翁ありけり。大かうじの程なり」
そこで一つうなずく。

「大かうじ、か」とつぶやいて、大きな柑子（蜜柑）が目に浮かび、ふうっとその香が通り過ぎる。大かうじ――この比喩が何とも言えずいい。もう一つ静かな豊かな気分になる。

「人にまじるに及ばねば、薪をとりて、世をすぐるほどに山へ行ぬ。雨風はしたなくて帰るにおよばで、山の中に心にもあらずとまりぬ。又、木こりもなかりけり。おそろしさすべきかたなし。木のうつほのありけるにはひ入て、目もあはずかがまりて居たるほどに、はるかより人の音おほくして、とどめきくるおとす。いかにも山の中にただひとりゐたるに、人のけはひのしければ、すこしいきいづる心ちして見いだしければ、大かたやうやうさまざまなるものども、あかき色には青き物をき、くろき色には赤き物を、たうさきにかき、大かた目一つある物あり、口なき物など、大かたいかにもいふべきにあらぬ物ども、百人計《ばかり》ひしめきあつまりて、火をてんのめのごとくにともして、我ゐたるうつほ木のまへに居まはりぬ。……」

話の筋は、すでに知っている。先を急ぐ必要はない。「雨風はしたなくて」も面白い。それに鬼どものいでだち、ゆっくりとした古語の微妙な味わいをふくみながら、机辺の灯が明るみ、いつしか秋の夜も深い。

昭和十七年、十月一日の入営をひかえて、最後の夏休みを、ぼくは大分県由布院の行商宿で過ごしていた。宿料は一円五〇銭で、大分高女に通う宿の娘の勉強を見てやることにして九〇銭にして貰っていた。内湯はなく、田圃の中に湧いている温泉にゆく。青田がそよぐ中に二米四方ほどの浅いコンクリートの湯槽があり、四方は見通しで、四本の柱の上に藁が葺いてある。近所の農家の接待で、いつも片隅の小皿に梅干がのせてある。もう村には、青年はもちろん若い娘たちも見かけなかった。或る日行くと、二十歳《はたち》ほどの豊満な娘とその祖母らしい老婆が入っていた。老婆は娘に昔話をしてやっているらしく、一つ終わると、そこの若い衆もきいてやって下さいと、ゆっくりとこぶとり爺の話をはじめた。娘は狂っていたのである。娘の白い豊満な体が切なく、ぼくは広い青田につづく由布岳の上に湧いた夏雲を見ていたが、その白さがきらきらとまぶしかった。

もう青春の日の豊かな時間も、また林火さんの孤心がもつ静かに充実した時間も、いまのぼくにはない。

林火さんの作品には、遠い時間を還るような、どの句にも長い静かな時間のたくわえがあり、老のやさしい人恋のような孤心のぬくみがある。ちかごろ、この一句のような、意味もない、無益《むやく》な時間の充実がしきりにほしい。

鰲を釣る

鰲は鼇の俗字。諸橋氏の大辞典をひくと、「㈠おほすつぽん。海中大鼇なり」、とあり、また「㈡想像上の大亀、海中に在り背に蓬萊、瀛洲、方丈の三仙山(或いは岱輿、員嶠併せて五仙山)を負ふといふ」と出ている。

王維の『唐詩選』にも選ばれている有名な五言排律「送秘書晁監還日本国――秘書晁監ノ日本国ニ還ルヲ送ル」に次のような詩句がある。秘書晁監は当時唐の秘書省(宮中の図書を掌る役所)の長官(監)をしていた阿倍仲麻呂のこと。彼は養老元年遣唐留学生に選ばれ、三月難波を出帆し、同年(唐の開元五年)九月に入唐、名を晁衡(晁は朝の古字)と改め、官に仕えて次第に出世し、秘書省の長官をつとめていた。天宝十二載、遣唐大使藤原清河の一行の帰国に際し、帰国を願い出て許され、六月唐都長安を辞する。詩はその折の送別の作。船は途中難破し、運よく救われて再び唐に仕え、最後は安南都護として終った。

積水不可極　積水　極ム可カラズ
安知滄海東　安《イズク》ンゾ滄海ノ東ヲ知ランヤ
九州何處遠　九州　何レノ処カ遠キ
萬里若乘空　万里　空ニ乗ズルガ若《ゴト》シ
向國惟看日　国ニ向ツテ惟ダ日ヲ看《ミ》
歸帆但信風　帰帆ハ但ダ風ニ信《マカ》ス
鰲身映天黑　鰲身　天ニ映ジテ黒ク
魚眼射波紅　魚眼　波ヲ射テ　紅《クレナヰ》ナリ

「積水」「九州」など難解な文字があるが、一々の解釈の煩をさけて、ここに斉藤堂博士の名訳があるので、そのままあげておこう。

巨大な水のあつまりは果てしなく広がっている。この東海の、さらに東のことなど、どうしてわれわれに知れようぞ。わが中国を九州などといって広いように思っているが、これを一州とする大きい九州があり、そのまた九州を九つ合わせたのがこの世界だということだが、どこが一番遠いところだろうか。おそらく晁監《ちょうかん》のさして行かれる日本こそもっとも遠いところではあるまいか。茫々たる万里の波濤を越えて、そこに帰って行かれるのは、まるで虚空に乗って行くようなものではないか。故国に向かって行く手は、ただ朝な朝なにさしのぼる太陽を眺めるだけである。帆をあげて出て行きはするものの、何も見えないのだから、ただ風まかせにするよりほかない。途中には、大海亀が波間に出没して、空に対してくっきり黒くきわだって見えるときもあれば、また大魚が真赤な目を、ものすごく光らせて海面上に反射させるときもあるという。

（集英社、漢詩選6「唐詩選」(上)）

詩は当時の航海の困難さをしのばせるが「積水不可極」にはじまる一詩の壮

大なスケールとエネルギーに心うたれる。何よりも「鰲身映天黑。魚眼射波紅」の二行が面白い。怪奇な空想が生き生きして、これまた中国詩を愛する者にとって、まさに醍醐味だといってよい。

さて、今夏は、殆ど仕事に追われて机にかじりついている日が多かったが、盆休みで医業を休んだ岡井省二国手と四日ばかりの旅をした。八月十日、米原で東西から落ち合い、旧東海道線で関ヶ原にひき返し、伊吹山に登頂、その日は湖東にでて長浜の湖畔に宿をとった。翌日は再び旧東海道線で醒井に返し、養鱒場を見てさらに彦根から湖を渡って多景島に、ついで湖北をめぐって湖西高島の湖辺に泊った。翌日は安曇川沿いに朽木に入り、さらに若狭小浜から舞鶴、福知山、豊岡をへて、郡上八幡に似た小さな城下町、出石焼でも知られる出石に泊った。かなり強行軍の旅であったが、二泊の湖畔の宿は淡海から渡る夜風が涼しく、また満天の星の中、いくつもの流星が飛んで初秋の淡海の涼を満喫した。出石の皿蕎麦のうまかったことも忘れられない。宿に落ち着くと例の通り、和紙綴りの画帖をとりだして墨筆の打座即刻の一巻を楽しんだ。出石から守口に帰って岡井邸に一泊、翌日は龍胆子をまじえて、信貴山から平群谷を一日歩いた。

各地の神社に参ると、ぼくには必ずみくじをひくくせがある。それを信ずるわけではないが、何となくその文句をよむのが面白い。信貴山のは大きな活字で五言絶句が書かれていて、なかなか面白かった。第五十七番吉、大和国信貴山と上下にあって、上段に次のような漢詩が出ていた。

欲渡長江濶　長江ノ濶《ヒロ》キヲ渡ラント欲スレド
波深未有儔　波深ウシテ未だ儔《トモ》有ラズ
前津逢浪靜　前津《センシン》浪ノ静カナルニ逢フ
重整釣鰲鈎　重ネテ鰲ヲ釣ル鈎《ツリバリ》ヲ整フ

右の詩の下段につけられたみくじらしい託宣は別に面白くなかったが、詩にはどこか豪壮なところがあり、三、四句に多少気になるところがあるが漢詩の出来としても決して悪くない。誰の作だろうか。御存知の方があれば是非御教示を願いたい。揚子江にも大亀が出るのであろうか。「重ネテ鰲ヲ釣ル釣ヲ整フ」が豪気で大いに気に入った。帰京後、旅の疲れの昼のうたた寝に、右の詩句を諳じながら目をつむると、多景島から見渡した初秋の白々と光をたたんだ淡海の水面が広がり、ふうっと左のような一句が浮かんだ。

みづうみに鰲を釣るゆめ秋昼寝

俳諧に転じて、ややさびしさが出ているか。

「杉」も五周年を迎えた。多端忽忙の世の中、先日、もと大徳寺の副管長以清和尚から空生道人の偈「著忙作什麼」の一行物を揮毫して頂いたが、バタバタシテ何ニナルの意。

豊年や尾越の鴨の見ゆるとき

これもようやく穂に色をつけはじめたひろびろとした近江の田とみずうみの光を想望して得た、いわば目を空に置いた一句。

「せいぜい百五十円ですね」

「百五十円？　もっと何とかならないか」

「じゃ、二百円にしときましょう。もうこれ以上何ともなりませんね」

「今日、明日というところだ。二百円じゃ子供は生まれない」

「生まれないたって、この品じゃ二百も無理ですよ。それ以上じゃこっちの商売があがったりだ」

「商売が上るか上らないか知らないが、こっちは子供が生めるかどうかの瀬戸際だ。そこを何とか……」

「ならないか、たって……まあいいや、事情が事情だから、五百円出しましょう。その代り、きっとおろして下さいよ」

「ああ、きっとおろす。おろすから千円はどうだ」

「つけあがっちゃいけませんや」

「つけあがってなんかいるもんか、こっちは人間一人の命がかかってんだ。いや二人だ」

「おどかしっこなしだ。仕方がない。じゃ千円。必ずおろして下さいよ。約束しましたよ」

そこで突然おやじが笑い出して、

「ところで、こんどはどっちです」

「どっちったって、まだ……」

（これからだ）といいかけて残してきた家の方が気が気ではない。出された千円札を鷲摑みにして、おやじの「約束しましたよ」という声をうしろに「女」だと云って飛び出した。

書斎兼用の縁側の机に向って朝から煙草ばかり吹かしている。机のすぐ目の前に桃の木がある。昼下り、風も死んでそよりともしない。こうしてじっと机に向っていても汗がにじみでるほどだ。見ると葉の茂りの中に、二、三個は両掌につつむ程に大きくなった桃の実がほんのり赤く色づいている。しーんとした炎昼の静もりの中で、その充実した桃の実の赤らをみていると、そこから一抹の静かな涼味が湧いてくる感じだ。大方は未熟のうちに割れたり落ちたりしてしまうが、昨日割れた奴は、家内がとり入れてジャム風の砂糖煮にした。それに削り氷をかぶせて食べるとうまい。お茶を淹れにきた家内に、

「いい色に桃が赤らんでいる、娘に描かせたらどうだ」

「あれは昨日、とり残しておいたんです。そうですね」

といいながら、その場で大きな声を出して娘を呼んだ。娘は「何よ」と、向うの部屋から返事をよこしたきりでやってこない。昨日から夏服を自分で仕立てていて、いまそんなことに耳を貸す余裕はない、といった風に余念がないのだろう。家内はやや拍子抜けの態でお茶を飲んでいたが、こちらは赤らんだ桃の

色づきを仰ぎながら、詩経の桃夭ではないがそろそろあいつも桃の実だと、ふと彼女が生れる前の日の、前記の質屋のおやじとの押問答が思い出されて、心中ニヤニヤした。そして誕生日もすぐだな、と思った。

娘が生れたのは、戦後も間もない昭和二十五年の八月十日のあれは午前二時頃だった。その頃、武蔵野の一隅、櫟林に囲まれた九百坪の敷地の中の、六畳一間の板敷と小さな土間のついた番小屋のような一軒家に住んでいて、なにもかも近所の産婆さんの厄介になった。前日の朝、診察に来た産婆さんに「いよいよ今日の夕方か、明日の朝ですよ」と言われて、慌てて戦前からの古ぼけた単玉のカメラを持ち出して金策に駈け出したのが前記の押問答だ。昭和二十三年、形ばかりの結婚式をして、直ちに九州からトランク一つで駈け落ちのように上京、すぐに家内が腎盂炎を病み、続いてこちらが腎臓を病んで一年半病臥、その間に長男も生れて、家内の結婚衣裳をはじめ、売れるものは大方金にした。残っていたのがこの古ぼけたカメラだったのだ。娘は、産婆さんの計算ちがいか、予定より一と月遅れてイライラさせられたが、その翌朝無事生れた。志賀直哉の「和解」にもそんな描写があったが、母親の両脚の間に、黒々と濡れた髪の毛の大きな頭をあらわすと、あとはスラスラと滑り出てきて、元気な産声をあげた。みると女だ。最初が男だったので、今度は何となく女だと思っていて、咄嗟に質屋のおやじに「女だ」と言って駈け出したのが、うまく適中したわけだ。その娘も今年二十、美術の大学で日本画を勉強している。「寒雷」の表紙も今月は娘が描いた。

そんな事を想い出しながら、今度は書斎にかかった尾崎一雄先生の色紙を眺めている。

蟷螂の卵も焼かれ夕焚火　一雄

の一句が書かれ、一雄の下に「冬眠」の印が捺されてある。巧まない極く自然な、尾崎文学にそのまま通うあたたかさのある書だ。仰いで見飽きない。これは今年の五月の日曜の一日、俳句仲間の関口銀杏子さんの案内ではじめて下曽我のお宅にうかがったとき、もう一枚「故園桃李月」の色紙とともに頂いてきたものだ。「故園」の方はいま家内がお茶のときの茶掛にするために表装に出している。「蟷螂」の句は、水原先生も認めて下さったんですよ、と言って渡された。秋櫻子先生と尾崎先生は芸術院会員の集りの時など、親しく話されるらしい。先生の書斎には、先生の私淑する志賀直哉の全著作とともに、随筆『君去りの詩人』のこと」に出てくる「君去春山誰共遊　鳥啼花落水空流　如今送別臨渓水　他日相思來水頭」の唐の劉商の七絶を書いた志賀直哉の書がかかげてある。清高の感じのある書だ。その時、尾崎先生は御作で想像していたより意外にお元気で、その書斎で半日お話をうかがった上、夕方に国府津の町に下りて、明治の高官・将軍たちがここで身づくろいをしてあらためて入京したという国府津館に御案内頂き、おいしい夕食まで御馳走になった。ちなみに蟷螂の句は昭和三十八年の作、その年名品『朝の焚火』『夕の焚火』の二篇が書かれている。

さて、尾崎先生訪問から一週間ほどして関口さんが遊びに見えた。関口さんは、先に書きそびれたが尾崎先生、上林暁先生の大の崇拝者でその全著作を写真に収め、その収載作品を記録した立派な文学書目を作った人、また尾崎先生の小説『口のすべり』に出てくるその口のすべりの主人公関本良三その人である。家業は古本屋さん、その関口さんの円転自在な話術で尾崎先生の訪問の懐古談——一週間前のことを懐古談というのも変だが——に話の花を咲かせているとき、お茶を運んできた家内が突然横合いから、一オクターブ高い声でこんなことを云った。

「ねえ関口さん。この人、婚約した頃、尾崎先生の『暢気眼鏡』を突き出して、『これ読んでおけ。これがおれの理想だ』って言うんですよ。その頃、私は体操の先生で、体操ばかりしていて、本なんか読んだことないんです。活字を見ると、ぽろぽろ涙が出て、すぐねむくなるんです」

　こちらはすっかり忘れていて、へェー、そんなこともあったのかと、慌てて関口さんの前で目をパチクリした。

　その尾崎先生の『暢気眼鏡』にちなんで、もう一つ僕にも『玄関風呂』の想い出がある。そのことは、聞き書の形で拙句集『花眼』の月報に庄野潤三さんが次のように書いてくれている。

——薪はどうしました。

近辺に木がありますから。伐つてもいいといわれたのが。買つて来ることもありました。毎日、斧で割つて、御飯も焚くし風呂もわかしました。夏なんか櫟林の中で風呂をわかします。野天風呂ですから楽しいものです。冬は小さな土間があつたので、そこでわかしました。あのころ、度々停電しましたが、その度に自転車のペダルを踏んで、前についた懐中電燈をつけつ放しにして部屋の中を照らしました。そんな暮しですが、学生時代に尾崎一雄の「玄関風呂」などを愛読していたお陰で、むしろ張合いがあつたくらいです。

夏の櫟林の中の露天風呂は、いま思い出しても、あれは極楽のようなものだ。若い母親が、夕暮の緑の中にうすうすと煙をあげる風呂桶につかりながら二人の子供に湯を使わせている図も眺めとしてなかなかいいし、風呂桶の裾にかがんで半裸で薪をくべたり、割ったりしている男の図は、きっと梁楷なら一幅の絵にするだろう。

先日、関口さんから電話がかかり「尾崎先生も馬酔木の五百号記念号に書かれるそうですよ」ということであった。波郷全集の月報でも御一緒できたし、馬酔木の五百号に寄せる光栄とともに、拙文で甚だ申訳ないが、また御一緒できることが僕には大へんうれしい。

さくらを待つ

このところおおかた春日煦々《くく》のおだやかな日がつづく。わが家の庭の白梅もいまが真っ盛り、辛夷《こぶし》の花もひらきはじめた。

昨年八月、三十年近く勤めた学校をよした。一日家にいる生活が始まって、まず気づいたのは季節のこまやかな推移だろうか。それにしても一年の季節の推移を四季二十四節、さらにこまかく七十二候に分けて命名した、はるか昔の中国人のその精細な観察と感覚、そしてその文化に今さらながら驚く。わが国にも江戸時代、中国のそれに習って日本の気象現象に合わせた高井蘭山の本朝七十二候があるが、それはそれとして、時に荒唐無稽の空想的候名をまじえた中国七十二候の方がぼくには面白い。

こころみに、初春の、「立春」「雨水」の節の六候をあげてみよう。「立春」――「東風凍を解く」「蟄虫始めて振《うご》く」（本朝――「黄鶯睍睆《うぐいすさえずる》」）「魚氷に渉《のぼ》る」（本朝――魚氷に上る）。「雨水」――「獺魚を祭る」（本朝――「土脈潤い起る」）「鴻雁来る」（本朝――「霞始めて靆《たなび》く」）「草木萌え動く」。これらの候名の区分は漢代にまとめられた『礼記』――「月令」にあるが、それより先『呂氏春秋』にも「東風凍を解き、蟄虫始めて振き……」とあり、その鈔引だといわれる。ちなみに呂氏は呂不韋、秦の相文信侯、一子を荘襄王に献じて、これがのちの始皇帝。自然に従う中国黄河の民のそのつぶさな観察とともに、「獺魚を祭る」の空想にも、その素朴とむしろ悠々をぼくは思う。

さて二月十八日、仲間の会があって京都嵐山に遊んだ。あたかも「魚氷に上る」の候（2・14―18日）。その日は一日粉雪や牡丹雪が舞ったが、もう宿の庭には馬酔木が咲き、大堰川に遊ぶ魚のひかり、その上を飛ぶゆり鷗の白さにも春の光があった。

魚は氷に上りて白き鷗どり

はその日の一句だが、この季節の実像をとらえた「魚氷に上る」という俳諧の季題も、古くさい季題として、もう現代の俳人はだれもとり上げないのではないか。だがぼくには早春の光と生動をとらえたたしかな季節の実感とともに、造化の妙、さらに大きく言えば虚空のひろがりを覚えた。

さらに三月の半ば啓蟄《けいちつ》の節の第三候に「鷹化して鳩と為る」(3・16—20日)がある。先の雨水の三候につづければ「桃華《ひら》き、倉庚《ひばり》鳴き、鷹化して鳩と為る」ということになる。「本朝」ではこの荒唐無稽の空想を廃して「菜虫蝶と化す」となるが、このうらうらの春日和、季節の気分的実感とともに、ぼくにはこの古代中国人の俗信も、虚空を心にいれた濶大《かつだい》な諧謔ととってなかなか面白い。これも、早速、

煦々として鷹とて鳩となりにけり

とみずからの滑稽に転じて、この日ごろぼくの腰も落ち着かない。たびたび机を離れては庭の白梅を仰ぎ、ついで近所近辺の梅を見て回る。中でも能の金春さんが住んでいた家の紅梅がいい。いつか「いつもこゝ紅梅が咲き能の家」と詠んだが、黄色の蘂をきりっと張ったその小粒の紅梅の花は、まるで十三、四の小娘が懸命に目をみはっているような、懍として可憐でつややかに美しい。帰ってきてもしばらくときめきが消えないほどだ。一服つけたり、顎をなでたりしながら、しばしぼんやりと机に時を過ごす。そして紅梅とはちがうが、揚州を去るに当たって彼が愛した小妓に与えたという杜牧の艶冶な「贈別」の詩を思い出す。

娉娉嫋嫋十三餘　娉娉嫋嫋　十三余
豆蔻梢頭二月初　豆蔻梢頭　二月ノ初メ
春風十里揚州路　春風十里　揚州路
巻上珠簾總不如　巻キテ珠簾ヲ上グル　スベテ如カズ

娉娉嫋嫋《ほうほうじょうじょう》、ともに女のなよやかな美しさ。十三余は十三と幾つ。豆蔻《とうこう》は和名でずく、知らないが淡紅のあざやかな花をひらくという。最後の行は、珠の簾を巻き上げてかい間見る女たちも、すべて十三余の可憐な少女の美しさに及ばない……。

　だが、今年は少し渇くような思いでさくらが待たれる。紅梅も辛夷も、散ってしまえば不思議にさっぱりと名残をとどめないが、さくらだけは、毎年ながめながら、見たという思いがない。紅梅や辛夷のはっきりした形姿とちがって、その模糊とした美しさが、模糊のまま、心にとどめがたいからであろうか。

　母が亡くなったのは一月十日の朝であった。二日前、胸の激痛を訴えたが、翌日はけろっとして夜遅くまでテレビを見て楽しんでいた。翌朝母の部屋をのぞくと、もう母は冷たくなっていた。享年七十八、あっけない死であった。昭和三十八年、父の死のときは、痛切な悲しみが父の死に顔とともにいつまでも消えなかったが、母の死は、悲しみが悲しみにならなかった。弟たち六夫婦が長崎から駆けつけ、通夜・葬儀、そして初七日とあわただしく日が過ぎたが、彼らが引き上げたあと、ほっと穴のあいたような日が来た。そんなある日の今にも雪になりそうな寒い日暮れ、近くの桜並木を歩いていて、残照を残してあずき色に暮れてゆく桜の梢を仰ぐと、もう粒々の芽をいっぱいにつけていた。その時急に、ああ今年の花はきっと美しいにちがいない、そんな悲しみのような思いが胸にわいた。「母帰して花となる」そんな思いだったのかも知れない。

四月、さくらの開花をまって、今年は吉野のさくらをはじめ、処々のさくらをぜひ歩いてみたい。しかも爛漫の時に。そうすれば花となった母のかなしみ、或いはうれしさ、そして爛漫の虚空からさくらの心も見えてこようか、

綿虫と氷魚網

今年も師走に入った。身辺に急に騒立つ潮騒のようなあわただしさがあるが、また一方、心の一隅にしんとした空洞ができ、そこに入りこむ静かな風音をきくような思いもある。その風音をききながら、多忙に過ぎた一年を思う。一月に母が亡くなり、つづいて読売文学賞の受賞、四月には末子の結婚、九月にはアメリカの俳句協会に招かれてのニューヨーク行、その間、毎週毎月の新聞・雑誌の選句に加えて、今年は歳時記一巻も書いてこのほど漸くその校正も終わった。顧みて或いはこれまでの生涯でいちばん多忙な年ではなかったろうか。母の死以外は、まずはめでたい多忙、それに文句をつける筋合いはないが、だが、その多忙にまぎれて、俳人にとっていちばん肝腎な作品の稔りが少なかったことのさびしさはまたおおうべくもない。
庭の木々もあらかた葉を落して蕭条たる景になったが、侘助だけがいま純白のともるような楚々たる花をつけている。机辺からその淋しさを噛みしめながら、少しぼんやりした思いで侘助の花あかりを眺めていると、ふと日当たりのいい落葉の香り、おだやかな枯山の姿が浮かんだ。今年もおおかた近江をはじめ、大和・吉野など関西への旅に出たが、去年の歳末は榛原から内牧川に沿って高井に入り、それから仏隆寺を訪ね、一日宇陀の山歩きを楽しんだ。小川に日野菜を洗う老婆に声をかけたり、山ふところの農家の年寄りが近くの松林に入ってひそかに松迎えをしているのを見たり、また農家の庭の澄んだ山水に飼われた鯉をのぞいたりした。

眄《ながしめ》の日野菜洗ひに声をかく
谷山に子どもの声す松迎へ
藪柑子龍の玉あり近松忌

冬深みくる色鯉の夢のさま

など、歩きながらそんな句を詠んだ。だが、属目風のこれらの句の一々にもよろこびがないわけではなかったが、なお、その時、大きな残りものがあるような気がしてならなかった。その夜、長谷の宿で

綿虫にかかはりゐたる宇陀郡

の一句を得て、ようやくその思いは終熄した。あとで鷲谷七菜子さんから聞いたことだが宇陀は日本で最も古く置かれた郡の一つだという。

この時の旅は、さらに伊賀から芭蕉の御斎《おとき》峠を越えて近江に出、湖畔の堅田に泊まったが、歳末の静かな堅田の町や湖を見ながら

みづうみに目をやる鳰の声の晴

年の瀬のみなつくだ煮や湖の魚《いを》

鯉こくと魦《いさざ》の小を年の宿

など、その夜の句作を楽しんだが、やはり飢渇の思いは残り、帰京して

あけぼのや湖の微《び》をとる氷魚網

の一句を作ってようやく心が落ちついた。「綿虫」にしろ「あけぼのや」にしろ、いわゆる写実的実体に乏しい、漠々として頼りない作品にちがいないが、作者には根源的ななつかしさ、何か大きなものに出会えたような、うまく説明できないが、そんな不思議な充足感がある。それは何だろう。

今年読んだいろいろの本の中で、最も不思議な感動を得たのは、最澄に関するものを読んでいて出逢った、他ならぬ最澄の黒子であった。今日「来迎院文書」として若き日の最澄に関する公文書が三通残っている。その一つ、延暦二年（七八三）正月廿日に出された「度牒」（得度証明書）に次のように書かれている。黒子は写真のなかった当時本人を証明する身体的特徴であろう。

沙弥最澄年十八

近江国滋賀郡古市郷戸主正八位下三津首浄足

戸口同姓廣野、黒子頸左一　左肘折上一

もちろんだれに黒子があっても不思議ではない。だが、僧籍に入って必ず大きな仏法に出逢うとは限るまい。ぼくにはこの黒子が最澄に対するいいようのない親しみを呼ぶとともに、小さな黒子が歩き、歩いて大きな仏法に出逢った、そんな不思議な感銘があった。俳句もまた、歩き、歩いてこの世の実象を越えた大きな存在に行き逢えないものか。

一撞一礼

年の夜、ＮＨＫ恒例のはなやかな紅白歌合戦もようやくマンネリ化したのか、或いはこちらが齢をとったのか、そのにぎやかさを逃れて、ここ数年、その時間を自分の書斎にひき籠って、為残りの小さな仕事を片づけたり、それが片づくと、ゆく年の思いの中にぼんやりひとりの時間をもつことが多くなった。紅白歌合戦が終るころ、年越しそばの用意も出来て家内によばれて家族のそろう居間で年越しをするのがならわしだが、テレビも「ゆく年くる年」の番組にかわり、各地の寺々の除夜の鐘がひびきはじめる。これも毎年のＮＨＫの恒例の番組だが、この方はききあきることがない。その除夜の鐘をききながら、何か魂が身体から放れて虚空を漂うような、一種漂泊に似た思いとともに、つつま

しい気持になる。そんな時間を、かつて

年過ぎてしばらく水尾のごときもの
しばらくは藻のごときとき年を越す

と詠ったことがあるが、ことに地方の鄙びた寺の除夜の鐘のひびき、それに集う素朴な農民や皺を刻んだ老人たちの姿が映し出されると、その人たちのつつましい人生とともに、しんとしてこちらも心が洗われるような謙虚なつつましい気持になる。

二年ほど前だったか、同じ番組で越前の永平寺が映ったことがある。この時は木曽の灰沢の宿で年越しをしていたが、青剃の頭に墨染の若い僧が、吹きすさぶ飛雪の中に、一つ撞いては鐘楼の地面に坐り、両肘をつけ掌を上にして深々と跪坐礼拝をする姿に、ずしりと頭を重いもので撲られたような深い感動に襲われた。それは、ゆく年くる年に対する敬虔な祈りの姿にちがいないが、同時に、人生のつつましさとともに、ある厳粛な気持で、人生の荘厳といった

思いが胸にしみ渡った。その感動を

一撞一礼去年今年とも畏みぬ

と作ってみたが収まらず、その後

一撞一礼飛雪に年を畏みぬ

として一応句集にも収めたが、なお、その時の感動に遠い恨みをいまも遺している。

ともかく一年の終り、年の夜は、いつも忘れがちなおのれを見すえ、おのれにも、人生にも、もっとも謙虚に、そしてつつましい思いになる時ではなかろうか。

花は雨の……

――夜半追悼――

破れ傘一境涯と眺めやる　夜半

後藤夜半最晩年の作。「俳句研究」三月号夜半追悼特集の後藤比奈夫抄出の一〇〇句の終末、この句の前後に

着ぶくれしわが生涯に到り着く

腰曲げしゆうれい草のふとかなし

の二句が並んでいる。

破れ傘はいうまでもなく浅い山地の木かげに生えるキク科の多年草。葉は掌

状に深く裂けて鋸歯がある。

その葉叢から長い柄を立てて花茎を出し、晩夏穂状に白色筒状の花をつける。葉の形が破れ傘に似ていることからこの名がある。


やぶれがさむらがり生ひぬ梅雨の中　　秋桜子

の一句があるが、歳時記は仲夏に収めている。

この夜半晩年の一句は、いかにも老残の境涯とともに深沈たる心境を宿して、少しく不気味な思いでぼくの胸を打つ。と同時に、ぼくには、二年ほど前「俳句」の口絵となった岸田稚魚氏撮影の夜半氏の写真が思い出される。大きく垂れた白萩の叢を背景に、やや腰をまげて杖にすがった夜半氏の老の姿というより、最早老残を宿した姿である。あれはこれまで沢山の俳人を撮ってきた岸田氏の作品の中でも、枯骨の高僧といった面持のある横面の相生垣瓜人氏の写真とともに双璧をなす傑作ではなかろうか。

今年は春先まで寒さがつづいて花も遅れるのではないかと思われたが、長い冬に花神が業を煮やしたのか、何かが破裂したように、むしろいつもより早くいちどきに花がひらいた。わが家の庭でも、三月下旬には梅に杏・辛夷、それに桜も重なるようにつづいて咲いて、ひととき花のさかりであった。だが、仕事が重なって机にむかっているうちに、その花のさかりを十分に堪能するひまもなく過ぎていった。

今日は四月の半ば、また冬に立ち返ったような冷たい雨が朝から降っている。花を落した庭の木々を眺めながら、ふと謡曲『関寺小町』の「花は雨の過ぐるによって紅《くれない》将に老いたり」という文句が思い出されて、しばし筆をとめて、嘆息のような思いにかられている。『関寺小町』は世阿弥当時から存在していたが、作者は不詳。『桧垣』『姨捨』と並ぶ三老女物の中でも最高の秘曲とされる。星合の夜、百歳を越えた老女小野小町が、富貴栄華を極めた昔をしのび、また関守の児《ちご》の童舞を見て、思わず浮かれ、昔の色香を思い出す。

さて、俳壇は昨年八月の夜半の死につづいて十月高野素十を喪った。素十も

夜半も、ぼくらの俳句初学のころ

朝顔の双葉のどこか濡れゐたる　素十
夕霞枝にあたりて白さかな
瀧の上に水現れて落ちにけり　夜半
曼珠沙華消えたる莖のならびけり

など、いわば写生の極北ともいうべき作品によって既に盛名を馳せていた作家である。その後いささかちがった道を歩いたために長い間その句業を忘れていたが、いまあらためてこの二人の長老の死は、一つの時代、また一つの生が過ぎていったという実感とともに、青春時代に宿したある大事なものが自分の中からも消えていった、そうした感慨をもたらした。中でも夜半の先の一句とともに

着ぶくれしわが生涯に到り着く

という一句はしたたかに胸を打った。「着ぶくれし」におのれの老残を見つめる一抹の諧謔をひそめる客観の余裕を残しながら、ここには深沈たる生涯の思いが重く沈んでいる。一人生の終局の思いにちがいないが、虚子が唱えた客観写生の行き着いたまた一つの窮極の境地ではないか。夜半の句業をふり返って

国栖人の面をこがす夜振かな　　夜半
秋晴やむらさきしたる唐辛子
獣に青き獅子あり涅槃像
秋の日に似て山櫻咲きにけり
いつの世に習うて蘆を刈る人ぞ
襲ねたる紫解かず蕗の薹
初夢の扇ひろげしところまで
焚火には即かず離れずして遊ぶ
海棠も蘇枋も花の息づかひ

季節とは柱に掛けし真菰笠

など秀作をあげれば限りはないが、これらを通して、ぼくにはいま「瀧の上」から「着ぶくれし」に至るこの作家が歩いた一本のしたたかな道が見える。夜半はホトトギスの作家の中にあっても、むしろ情の濃い

いなづまの花櫛に憑く舞子かな　夜半
牡蠣舟へ下りる客追ひ廓者
櫻炭ほの〲とあり夕霧忌
かんばせに蘆邊踊のはねの雨
あそびめの膝をあてがふ火桶かな

など艶冶な句を多く作った作家だが、それらをふくめて、その時々の対象に興じながら、やはり「花は雨の過ぐるによって……」という、人生の、そしておのれの生の行く末をしかと見据えて、その時々に一期の思いをこらした作家で

はなかったか。夜半に次の言葉がある。
「写生を志す私は、或る場合は偶然を怡しむ偶然主義者だが、多くの場合は偶然の中に必然を求めようとする偶然主義者である」
昨日は川端康成の自殺のいきさつを書いた臼井吉見の小説『事故のてんまつ』を読んだ。信州安曇の植木屋の高校をでたばかりの少女を六ヶ月の期限で無理に手伝いに来て貰って、それが気に入って、さらに期限を延ばしてくれるよう願ったが、その少女に断られてその日ガス管を口にくわえて自殺したというのである。川端の最晩年の短篇に『隅田川』があり、その中に、ラジオの街頭録音に
「秋が来てなにを思いますか。季節の感じを、ひとことふたことで言って下さい」ときかれて
「若い子と心中したいです」
と答えるところがある。小説で読む限り老人の諧謔をまじえた哀愁としてそれなりに味があるが、臼井の小説のそれが事実であったとすれば、川端の死はほ

くには無惨でやはり味気ない思いが残る……。

波郷追悼

やや遅れて出た「鶴」十月号「柿秋」十五句の波郷作品の中に、

文化の日誰も癒えよと言ひ去りぬ

の一句がのっている。僕が波郷氏を最後に見舞ったのは十一月三日文化の日であった。午後教え子の結婚式をひかえて、それまでの時間を、吉田北舟子に誘われて見舞いにいった。北舟子は、波郷氏の顔近く、ベッドの横に座り、僕はベッドの裾の方に、いつもの様にかしこまって立っていた、若い頃から波郷氏と友人の北舟子は、病人に対する彼一流の心遣いで、いよいよ短くなったミニスカートの銀座娘達の風俗などについて、明るく屈託のない話をしていたが、波郷氏はその合い間に、黙ってかしこまっている僕に気を使って、二、三言話しかけてくれる。波郷氏は相変わらず鼻孔に酸素のゴム管を差し込んだままだが、声の調子にも、いつもよりいささか元気に見えた。

「白凰社の自句自解、あれはどうなってるんですか」

「六冊出て、あとが出ないようです」

「売れないのかな」

「いや、売れてるようですよ、あとの原稿が続かないんでしょう」

「僕は、もうああいう文章も書けないなあ」

「元気な僕でも、もう文章を書くのは嫌になりました。文章より、やはり俳句を作ってる方が面白いですよ」

　そこで波郷氏は少し笑って、

「もう、俳句もですよ」

と言った。そしてそこで口を噤んだ。僕もまた時間が迫り、北舟子を残して慌てて辞去したが、「もう、俳句もですよ」と静かに笑うように言った一言が、もう癒えるあてもないこの病境涯の波郷氏の生のつらさ、作家のつらさが、言いようもないつらさとして、胸に暗く沈んだ。

「波郷氏の思い出」という題を与えられて、この短い文章に、もう四、五日も机に向っては、茫洋と日を過している。思い返しても僕の波郷氏についての具体的な思い出は、ほとんどない。生前会った機会も数える程しかないし、ひとりで親しく会ったという経験も一つもない。見舞の折も、その都度誰かのついでに連れて行って貰ったし、その人の肩にかくれるようにして、いつも黙って立っていることの方が多かった。

僕の作品の中に波郷氏の影響を見るのは既に俳壇の通説のようだし、事実僕の『雪櫟』の時代は波郷の『惜命』を下敷にしていたと言ってもよかった。住居も大泉と石神井と近いし、そうした僕が、もっとしげしげと親しく会う機会があってよかったと思うし、また人からそう思われていたとしても不思議はない。だが、そうした波郷氏への作家的尊敬と親しみを別にして、波郷氏の作品がそこにある以上、この作家と会って親しく俳句の話をきこうという気持は僕にはなかった。ときたま、黙って会えればそれでよかった。これは波郷氏に限らない。人見知り癖の強い僕には、たとえ畏敬する作家にそういう機会が与えられたとしても、やはりかしこまって黙っているに過ぎないだろう。従って、波郷氏についての思い出となるのは、思い出というにはあまりに近いが、やはりその死ということになろうか。だが、それにも具体的なものは何一つない。今日送られてきたあき子夫人の句集『見舞籠』の添状の中に、長男修大氏の「一時も酸素を手離せない病院生活にこれ以上よくならないと申しておりました父も突然の死に『しまった』と舌打ちしたことと思います」という言葉があったが、通夜の席、誰彼から波郷氏の死の様子をききながら、僕の心に痛切にあったのは、波郷氏の死のかなしみよりも、人間の死に関する吉田兼好の『徒然草』の次の一節であった。これは追悼文を求められて既に「俳句研究」にも書いたし、「寒雷」の「白鳥亭日録」にも書いたが、ここにも書きつけておきたい。「春暮れて後、夏になり、夏果てて、秋の来るにはあらず。春はやがて夏の気をもよほし、夏より既に秋はかよひ……四季はなほ定まれるついであり。死期はついでをまたず。死は前よりしも来らず、かねて後に迫れり。人皆死あることを知りて、まつこと、しかも急ならざるに、覚えずして来る。沖の干潟遥かなれども、潮の磯より満つるが如し」（百五十五段）

戦後の長い病床の間に、幾度か危機が伝えられ、それを乗り越えたことを仄聞するたびに、僕は波郷氏の勁さに驚いたが、安らかなるべき病床にも死は突然「覚えずして」来た。波郷氏の死後、僕もまた風邪をこじらせて茫々と多く臥せがちに不快の日を過した。飛花落葉の思いは自らに返すほかはないが、長い病床の人であっただけに、「急ならざるに、覚えずして来」た波郷氏の死は、右の思い痛切であった。だが、この痛切の思いも、虚空にひろがってとりとめもない。父の死後、幾人かの親しい仲間の死に出会ったが、最早胸を噛むかなしみとはならなかった。波郷氏の死も夕刊で見て驚き慌てたが、通夜、告別の式でも、一点に集中したかなしびとはならなかった。よろこびもかなしびもなくなったのかと自ら怪しみ、頼りない気持である。それは悲喜を辨ぜず、というのでもない。白々と、かなしみとならないのを悲しむばかりである。通夜の席、人伝てに波郷氏の死の様子をききながら、僕の胸にも、先の修大氏と同じく波郷氏の言葉として「しまった」という言葉が咄嗟に浮かんだが、またそれに続く修大氏の「しかし今は苦しい息を吐く必要もなく、行きたいところへ行けるわけですからかえってホッとしているのではないかと思っています」とあるように、誰にも看とられずに突然逝った波郷氏の孤独な死は、その作品とともに、これもまたある美事な完結として、いまは自らのやすらぎとするよりほかはない。

昭和二十三年、僕は「石田波郷論」を書いた。『胸形変』或いは『惜命』の句々が発表されていた時期である。楸邨も病み、僕もまた腎臓炎で一年有余の病床にあり、頭も足もブクブクにふくれ、尿もほとんど出なくなった重症の時期、僅か二十数枚の波郷論を、必死の思いで約半歳をかけて書いた。その中、

霜の墓抱き起されしとき見たり　波郷

の一句にふれて、

「だが、ある時、作家は、作品の中で、この人生の無常より素早く無常迅速を覚悟するかも知れぬ。生きながら、作品の中で、死を呼ぶかも知れぬ」

「生のゆき尽した、遥かなもう一つの世界から、死は波郷の魂をそそのかし、呼びかけ、死は俳句の中に肉体をもつ」

などと書き、また、

「霜の墓は一体どういふ思想を負ふのか。恐らく波郷は現前の霜の墓の抱き起さるる時、見たのだらう。まさに『霜の墓』であったらうし、『霜の墓』らしい思想を見たのではあるまい」

と書いた。この「霜の墓の」と書いた誤りは、すぐそのあと「馬酔木」にのった「タッチの差」という文章で山本健吉氏に指摘されたが、その誤りは誤りとして、またその時の必死の思いを別にして、いま思い出に読み返してみて、小林秀雄を下敷にした若さの客気は、厭離の気持にむせるばかりである。だが、この一文が目にとまったのか、波郷氏から、当時波郷氏がやっていた「現代俳句」に原稿の依頼をうけた。それが作品であったか文章であったか最早忘れたが、僕が総合誌に依頼を受けたはじめてである。面映ゆさを抑えて言えば、僕が俳壇に少しでも顔を出すことができたのは、これまた波郷氏の恵みである。

だが、波郷氏の中に、長い間僕があこがれ、見てきたものは、その端麗、茫洋の風姿の中に、生活の達人を、そして、

寒椿つひに一日のふところ手

から、

雁やのこるものみな美しき

そして、

ほしいまま旅したまひき西行忌

に至る作品の中に、日本の心とともに、日本人のやさしさといさぎよさだったと言ってよかろうか。大げさに言えば、波郷氏の死に、また美事な日本の心のなつかしさと、また一人の日本人を失ったという感慨が僕にはある。そして、波郷氏の病床の、しかも突然の孤独な死は、また、日本人のやさしさといさぎよさにつつまれていたという気がしないでもない。

今朝、床中、波郷氏の日本人の心を夢みながら、夢うつつの中で、ふと、

金雀枝や基督に抱かると思へ

の「基督」がやや異質の感懐で想い浮かび、今まで、この難解の一句をきびしく切ない自愛の句と読んで少しも疑わなかったが、咄嗟に、これは夫人への切ない愛ではなかったか、という想念がひらめき、はっと目が覚めた。自信はない。

だが波郷氏の最後の愛となった夫人あき子氏の句集『見舞籠』が届いたのは昼近くであった。

波郷氏の冥福と夫人の健康を祈っておきたい。

シルクロードと近江

今日はお盆の送り火の日、青々と茂った庭木から吹き込んでくる風も、もうどこかひんやりとしたものを感じさせる。朝々法師蝉も鳴き出した。外に出るとまだあぶるような暑さだが、いつもスモッグに蔽われた東京の空も、お盆の三日は青く澄んで、雲の色ももう秋の気配がある。

昨年の八月はソ連の中央アジアのシルクロードの町々を歩いた。その旅から戻ると、何故かしきりと近江にさそわれた。もうあれから五回も近江に通っている。

ひろびろと田起しの雨近江なり

田を植ゑて空も近江の水ぐもり
紅梅を近江に見たり義仲忌

など、これまでも近江の作品はいくつか作っているが、いずれも車中からの属目ないしは連想である。関西への旅で新幹線にのると、おおかたはすぐ眠る。目が覚めると近江である。ひろびろとした近江の田を眺めながらやっと新しい旅の気分になる。だが、これまで一度も近江に下りたことはなかった。

八月、シルクロードの長途の旅の疲れが癒えると、すぐ湖南から余呉の湖に出かけ、十月には岡井省二氏の東道で彦根から竹生島、それから湖西の近江舞子に渡り、堅田で夜泊した。十二月歳晩には雪ふる湖北に泊り、今年三月には湖南の葭刈を、六月には梅雨季の青々とした葭の水路をめぐった。

だが、近江にひかれたのは、正確にいうとそのシルクロードの旅の半ばから、そしてまた単に近江というより、芭蕉の近江にひかれたといった方がいいのかも知れない。自ら遺言して義仲寺に骨を収めた芭蕉は、おのれの埋骨の地として近江の風土を愛したのであろう。

四方より花吹入て鳰の海

病鴈の夜さむに落て旅ね哉

海士の家は小海老にまじるいとゞ哉

辛崎の松は花より朧にて

など、すぐれた作品もまた多い。だが、ぼくを近江に誘ってやまなかったのは、

行春を近江の人とおしみける

の一句であった。

ボリシビリスクから機上約一時間半、漸く広大な中央アジアの砂漠が広がる。その代赭色の砂の大地を、どこまでもはてしなく一直線に貫く砂漠の道、湖上を飛ぶとき、一瞬機翼をパッと瑠璃色に染めたバルハシ湖の目の覚めるような碧瑠璃、雲上に夢の浮城のように重なり連なる壮大な天山の山脈《やまなみ》、或いはまた

一代の英雄チムールの都サマルカンドのそのチムールの柩を収めたグル・イ・エミル廟、レギスタン広場にそそり立つシル・ドル、ティリャ・カリ、ウルグベクの三つのメドレセ（学校）、ビビ・ハヌイムの大寺院、シャーヒ・ジンダ廟群など、それらイスラムの目も覚めるようなモザイクをはめ込んだ歴史的遺跡の壮麗、或いはまたブハラのまさに芭蕉の「夏草や兵どもの……」を想わせる外城の残壁、また灼けるような碧天に突き刺さったカリヤンの塔など、またそこに住むアジア人種の歴史の悠久を刻んだその静かな顔……それらの一つ一つに夢のような、また深い感動を味わいながら、旅の一日の終りの夜の静かな床上の心に、それらの感動のつながりの果にふと芭蕉の「行春を」の一句が浮かび上り、何故か深々と感動を誘った。あれは一体何だったのだろう。

　芭蕉の一句は、元禄三年、或いは四年の作。『猿蓑』には「望湖水惜春」の詞書で、『堅田集』（既調等撰、寛政十年）には真蹟として「志賀辛崎に舟をうかべて人々春の名残をいひけるに」として出ている。また『去来抄』には、この一句についての芭蕉・去来の問答をのせた有名な一章がある。

先師曰、尚白が難に、近江は丹波にも、行春ハ行歳にもふるべしといへり。汝いかゞ聞侍るや。去来曰、尚白が難あたらず。湖水朦朧として春をおしむに便有べし。殊に今日の上に侍るト申。先師曰、しかり、古人も此国に春を愛する事、おさおさ都におとらざる物を。去来曰、此一言心に徹す。行歳近江にゐ給はゞ、いかでか此感ましまさん。行春丹波にゐまさば、本より此情うかぶまじ、風光の人を感動せしむる事、真成哉ト申。先師曰、汝ハ去来、共に風雅をかたるべきもの也と、殊更に悦給ひけり

この『去来抄』の一文から、研究家の筆は概ね、「軽み」の提唱を契機として、近江蕉門の尚白、千那らと、新しく抬頭してきた洒堂、曲水、正秀、乙州らとの間の分裂、軋轢に説き及ぶのが普通だが、もちろんこの一句の芭蕉の心は、そうしたこととはかかわりない。シルクロードの旅を歩きながら、しきりにこの芭蕉の一句が想い出されていたのは、中央アジアと近江と、全く風土も歴史も、その性格も規模もちがうが、あるはるかなものの悠久の思いであろう。この一句の、事実春を惜しんでいるのは近江の人々とであり、またひろやかな

湖水をもつ近江の風土感を詠いこめながら、それらをはるかに越えて、この一句のもつやさしさとなつかしさは、古来、春を愛し、行春を惜しんできた日本人の心の、これからもつづくはるかな思いであろう。いわば、そうした日本文化の伝統がここにその総体としてあるからである。ぼくにはこの一句を詠った芭蕉の時点に、過去の日本文化の総体がここに集約され、また未来につづく文化の伝統がここに言いとめられている、そんなはるかな思いがあった。ぼくは、度重なる近江の旅の間、行春を惜しんだ芭蕉の一句を放さず持ち歩き、また『去来抄』の「湖水朦朧として春をおしむに便有べし」という一句を呪文のように胸につぶやいていた。いわば、この芭蕉がもつ（或いは古典の秀歌や秀句がもつ）、やわらかで、しかもはるかなものをかかえこんだ、この豊かな呼吸を、もう一度自分の作品の呼吸として呼び込んでみたかったからだ。

さて

城多く寺多くして秋の湖

雁の数渡りて空に水尾もなし
鳰《かいつむり》人をしづかに湖の町
木の柿を食べて遠見の彦根城
羽づかふ見えて淡海を雁渡る
淡海きて高きに登り比良の山
夜寒かな堅田の小海老桶にみて

など、『浮鷗』末尾に収めた淡海二十余句は、おおかた、昨年十月堅田夜泊の旅の宿で、同行の岡井省二氏と、和紙綴の手帳に交互に、まるで連句でも巻くように墨筆で句作を楽しむ、いわば打座即刻の遊びの中に生れたものだが、芭蕉の呼吸を願う心の飢えはなお癒えなかった。翌日、堅田から大津にでて、はじめて義仲寺に詣でて、義仲と芭蕉の墓に線香を供えて、あるしんとした心の静まりを覚えながらその帰りあの小さな電車の吊皮を握ってゆられている時、ふうっと、胸から呟きがのぼるように

秋の淡海かすみ誰にもたよりせず

の句が浮かんで、ややその飢を終息させる思いがあった。だが、この「淡海」の二十余句の評判は概ね「堅田の小海老」の一句に集中し、「秋の淡海」の一句は、むしろ不評であったようだ。『去来抄』にはさらに、芭蕉の

病鴈の夜さむに落て旅ね哉

と

海士の家は小海老にまじるいとゞ哉

の二句を論じた凡兆・去来の対立をのべた一章があるが、その折の「病鴈を小海老などと同じごとくに論じけり」と笑った芭蕉とは反対に、少し悲しい気持で、それらの批評に対して芭蕉のひそみにならう思いがぼくにはある。

さて、今年の夏は、身体の具合もあってどこへもゆけなかった。最初夏休みを芭蕉を読んで暮らすつもりだったが、結局、雑多な仕事が重なって家籠りの忙しさの中に果せなかった。その仕事の疲れ休めに、身体を横たえては、昨夏のシルクロードの夢を追い、また新しいシルクロードの夢に誘われた。今度はインドのペシャワールからカイバル峠を越えてアフガニスタンのカーブルに出る。カーブルから車でヒンズークシュ山中のバーミアン峡谷に大仏蹟を見る。今度はこの大仏蹟を見ることが中心だ。それからバルフ川上流のバンディ・アミール湖をみて、ハナバード、マザーリ・シャリフで壮麗なイスラムのモスクやミナレットを仰ぎ、ヘラートから南のカンダハールを廻って再びカーブルに帰る……地図や写真集を案じながら、うだるような暑さの中でそんな白昼夢を見つづけた。

バーミアンの渓谷はかつて仏教の一大中心地、一三〇〇年前、はるばる唐都長安からここを訪れた玄奘も「伽藍数十ヵ所、僧徒数千人」とその紀行『大唐西域記』に記している。大ヒンズークシュ山脈を背景に、幾百という石窟寺院が掘られ、また大石仏は、大きい方で五三米、小さい方で三五米、その後イスラムの侵入によって石窟は破壊され、仏像の顔面は無惨にも削られたが、いまもその壮大な俤を残している。

先日、井上靖の近著『美しきものとの出会い』を買ってきて、その「バーミアンの仏蹟」の中の、次のような一節にであって、ある感動に誘われた。

この仏蹟はいつ造られたか判っていない。紀元二、三世紀頃、それも長い歳月にわたって、徐々に完成されて行ったものではないかと見られている。誰が造ったかも判らない。しかし、この設計者の持った意図が今日ではちょっと考えられないほど大きなものであったことだけは判る。背後に重なっているヒンズークシュの大山脈を背景として、そのために小さくは見えるが、その実、世界のどこにもない大きな石窟寺院を造り上げようとしたのである。設計者は自分の手で完成しようなどという了見は持たなかった筈である。自分の造った石窟に何倍も、何十倍もする夥しい数の石窟が将来造られること

著者略歴

森　澄雄（もり　すみお）

大正８年兵庫県網干生まれ。五歳より長崎市に移る。
九州帝国大学卒業。

昭和15年　「寒雷」創刊より加藤楸邨に師事。
昭和45年　主宰誌「杉」創刊。
昭和53年　句集『鯉素』で読売文学賞受賞。
昭和62年　句集『四遠』で蛇笏賞受賞。
平成９年　恩賜賞、日本芸術院賞受賞、日本芸術院会員。
平成11年　句集『花間』、随想集『俳句のいのち』で毎日芸術賞受賞。

句集に『雪櫟』『花眼』『浮鷗』『鯉素』『游方』『淡海』『空艪』『四遠』『所生』『はなはみな』『餘日』『白小』『花間』『天日』『曼陀羅華』『虚心』など。
俳論・随筆に『森澄雄俳論集』『澄雄俳話百題』『俳句遊心』『俳句遊想』『俳人句話』『俳句への旅』『めでたさの文学』『俳句のいのち』『俳句のゆたかさ』『俳句に学ぶ』など多数。

現住所
〒178-0061　東京都練馬区大泉学園町２－６－１

あとがき

『俳句遊心』は昭和五十五年、『森澄雄俳論集』以後の新聞・雑誌に発表した短い随想を集めて編んだ和綴じの文集であった。
この度、読みやすい文庫本として上梓することにした。

平成十六年七月吉日

森　澄雄

掘をつづけていたが、その中の親切にこまごまと説明してくれた一人に、この発掘はいつまで続くのかときくと、彼はこともなげに「百年だろう」といった。この「百年」という答えに、掘り出されたかつてのシルクロードの敷石道の上に立って、その地平をのぞむようなはるかな思いにとらわれた。

このはるかな思いに比ぶれば、今日の俳句も、評論も、現代の日本の現状に合わせて、何もかも忙しく、インスタントではないか。芭蕉の近江の一句を心におきながら、そんな思いが、いま僕にはしきりとするのだ。

を夢見ていたかも知れない。そして実際に彼の望むように事態は運んで行ったのである。石窟はその後長い間にいつか千を数えるに到ったのである。円い龕《がん》もあれば、四角な龕も、八角形の龕もあった、龕内には天井にも、壁面にも、美しく彩色された絵が描かれたり、彫刻されたりした。西方の影響もあれば、東方の影響もあった。

ぼくがバーミアンに立ってみたいのは、もちろん歴史の営んだものの大きさだが、この文章から感動したのは、ここに書かれた最初の設計者の、その途方もない意図と夢の大きさだ。恐らくこの男はものの単位を、百年や二百年では数えなかったのだろう。そして、その意図の大きさにかかわらず、この男は恐らく人間の命のはかなさを知った最もつつましい男だったにちがいない。そういう思いであった。昨夏サマルカンドを訪れたとき、その郊外、灼けつくようなアフラシャブの丘で、ジンギス汗に滅された旧サマルカンドの発掘がつづけられていた。掘った穴に天幕を張って、五、六人がゆっくりした仕事ぶりで発

『俳句遊心』初出一覧

大根二題　「国文学」昭和51年２月号
秋ちかき　「言語と文芸」昭和51年３月号
佐夜の中山　「杉」昭和48年７月号
歳晩　「新潟日報」昭和51年12月25日・「年の夜」
木雞　「杉」昭和52年１月号
旅寝して　「毎日新聞」昭和48年１月21日・「この一句」
芭蕉の一句　『芭蕉の本』第二巻「詩人の生涯」月報（角川書店）昭和45年４月
臍峠　「新潟日報」昭和52年10月21日
蛙の目借時　「読売新聞」昭和49年4月28日
蕪蒸　「新潟日報」昭和52年12月
表裏山河　「沖」昭和46年９月号
雁の数　「毎日新聞」昭和48年11月11日
七百歳の声　「月刊エコノミスト」昭和50年２月号
「鯉素」について　「杉」昭和52年10月号
閑日二題　「杉」昭和48年１月号
最澄の黒子　「俳句」臨時増刊「飯田龍太読本」（角川書店）昭和53年10月
無益な時間　「俳句研究」昭和49年９月号・「大野林火の一句」
鰲を釣る　「杉」昭和50年10月号
わが暢気眼鏡　「馬酔木」昭和46年10月号
さくらを待つ　「読売新聞」昭和53年４月１日
綿虫と氷魚網　「読売新聞（大阪）」昭和53年12月７日
一撞一礼　「新潟日報」昭和53年12月
花は雨の……　「琅玕」昭和52年6月号
波郷追悼　「俳句」昭和45年２月号・「断片」
シルクロードと近江　「杉」昭和48年10月号

発　行　二〇〇四年九月一日　初版発行

著　者　森　澄雄
発行人　山岡喜美子
発行所　ふらんす堂
〒182−0002　東京都調布市仙川町一—九—六一—一〇二
TEL（〇三）三三二六—九〇六一　FAX（〇三）三三二六—六九一九

俳句遊心

ふらんす堂文庫

URL：http://www.ifnet.or.jp/~fragie　E-mail：fragie@apple.ifnet.or.jp
振　替　〇〇一七〇—一—一八四一七三
装　丁　君嶋真理子
印刷所　㈱トーヨー社
製本所　㈲並木製本
ISBN4-89402-669-4 C0092